LE PRIX À PAYER

J. C. AMBERCHELE

LE PRIX À PAYER

Traduit de l'anglais (États-Unis) par
Philippe Aronson

HACHETTE
Littératures

Domaine dirigé par Michel Bulteau

Tous les droits d'auteur générés par les ventes de ce livre seront versés aux associations suivantes : *The National Organization for Victims Assistance* et *The Osborne Association*.

Titre original : *How You Lose*

ISBN : 978-2-01-237264-1

Les livres sont écrits par des prisonniers*

Nous avons eu la singulière perversion de transformer le précepte, « Rien de ce qui est humain ne m'est étranger » en « Rien de ce qui m'est étranger n'est humain ». Serions-nous devenus insensibles au point d'oublier ce que cela implique d'être vivant parmi les hommes ?

Avec *Le Prix à payer*, J. C. Amberchele est là pour nous le rappeler, tant les trames qu'il tisse par le simple biais du dialogue et de la description soulèvent des questions qui nous concernent tous : Qu'est-ce que l'enfermement ? Qu'est-ce que la liberté ? Et quel en est le prix ?

À dix-huit ans, victime d'un cambriolage, Melody reçoit une balle dans la tête mais survit. Son père en revanche sur qui l'assaillant fait feu également est tué sur le coup. Une dizaine d'années plus tard la jeune femme est devenue Mel, une baroudeuse qui écrit des livres sur les sans-abri et sur les immigrés clandestins. Au Mexique elle rencontre Hank, un moniteur de ski et barman qui parcourt lui aussi le pays en stop...

---

* Les astérisques indiquent des emprunts à *Sheeper* d'Irving Rosenthal, Hachette Littératures, 2004.

tandis qu'au Colorado, Jarrold, un quinquagénaire parti refaire sa vie dans les montagnes, découvre grâce à sa nouvelle voisine la véritable personnalité de sa mère âgée venue lui rendre visite... et qu'Alex, aphasique depuis l'âge de neuf ans, prisonnier depuis l'âge de dix-neuf, creuse un fossé sous un soleil de plomb.

À travers une série de coïncidences marquantes, les trajectoires de ces personnages et d'autres vont croiser celle de Mel, formant un entrelacs narratif dont l'effet et le style rappellent les nouvelles de Carver qui composent la mosaïque du film *Short Cuts*. Glissant d'un personnage, d'un temps, d'un lieu, d'un point de vue et d'une époque à l'autre, chaque chapitre du *Prix à payer* est un élément d'un puzzle magistral reconstitué au fil de la lecture.

Multiples sont les petits moteurs qui entretiennent l'élan perpétuel de ce roman. Pour n'en citer qu'un, le choix de l'auteur de donner comme titre à certains des chapitres – et en premier lieu à son livre lui-même – des phrases ou des locutions que l'on retrouvera au cœur même du texte : « Donc je lui ai dit » est un leitmotiv permettant à un homme de raconter une histoire à des amis d'enfance rencontrés par hasard ; « Au-dessus des mollets », un dicton qui fait, à un moment crucial et définitif, écho à un passé à la fois révolu et actuel ; « On se connaît ? », la question insensée à laquelle nul ne peut répondre ; « Là où les pères s'en vont », la réponse mystérieuse à une question obsédante et dangereuse.

Pour la plupart d'entre nous, l'auteur d'un crime violent, c'est *l'autre* ; si on pense à un tel criminel, c'est pour se féliciter qu'il soit derrière les barreaux, ou pour se lamenter que la France ait aboli la peine de mort. Or, pour citer Sister Helen Prejean, auteur de *La Dernière Marche*, un homme ne se réduit pas au pire acte qu'il ait jamais commis. Le crime d'Alex pourrait le condamner à n'être que monstrueux ; mais il devient humain, digne de compassion, à travers la réflexion qui le mènera à accepter la responsabilité de son acte, et le fait d'être finalement « chez lui » en prison.

J. C. Amberchele est lui aussi un détenu, et ne reverra sans doute jamais les montagnes, les maisons, les meubles, les voitures, les avions et les gens qu'il dépeint avec tendresse et authenticité. Dans une lettre récente, il écrit : « La seule prison est celle de l'esprit », et ajoute être reconnaissant d'avoir connu la détention, et l'écriture, grâce auxquelles il aura pu enfin goûter à la liberté, et atteindre la sérénité.

Lire ce roman d'espoir et de rédemption, son premier, publié aux États-Unis lorsqu'il avait soixante-deux ans, nous donne un aperçu de ce que la vie peut nous apporter, ou brutalement nous confisquer.

Je joins mes mains à celles de la race humaine tout entière.*

Philippe Aronson, 8 janvier 2008

Pour ma fille
Et pour mon fils, qui est mort en prison, trop jeune.

Melody

Debout sur le trottoir devant la maison de son père, Mel cherche la clé dans son sac à dos et se demande comment elle a pu l'égarer ; ou pourquoi elle l'a égarée ; et si elle l'a peut-être fait exprès. Elle se remémore son rêve et se dit : « Je serai une sibylle, une devineresse. Je verrai des halos, des auras, je prédirai le futur... »

Il est midi, le taxi vient de la déposer, et la migraine ne l'a pas quittée depuis son départ d'Omaha ce matin.

« Je trouverai ces clés », dit-elle à haute voix ; surprise par son ton narquois, elle se souvient aussitôt de la poche intérieure de son coupe-vent.

La maison, vide depuis un an, est en brique et en pierre, sur trois niveaux, avec un toit de tuiles rouges. La façade est flanquée de deux tourelles, avec des baies vitrées à chaque étage : Mel a toujours eu l'impression que ces éléments d'architecture médiévale avaient été ajoutés après coup. Sur le gazon devant la maison se dresse le genévrier massif que son père a planté avant sa naissance, et, près du trottoir, ses racines déformant facilement le bitume, le sycomore, plus vieux que toutes les maisons du quartier, domine la rue. La haie séparant le jardin de celui des voisins est touffue, mais la pelouse a été tondue – l'agence immobilière a dû s'en charger –, même si la première chose que Mel ait remarquée en arrivant en taxi, c'est que les stores bleus de l'hiver dernier n'ont pas été enlevés ; maintenant, ils sont délavés et ternes. Fenêtres tristes et tristes murs gris, le paillasson en haut des marches a disparu, le lierre sauvage s'entortille autour des gouttières et, dégoulinant du chapeau de cheminée rouillé, des traînées d'un rouge-brun s'étalent sur la façade de l'allée. Le château de son père, sa forteresse en ruine au milieu du pâté de maisons.

Sous le porche, l'épaule meurtrie par son sac à dos, Mel retire la clé de sa poche et vise la serrure en remarquant que sa main tremble.

Elle est là pour rencontrer la femme de l'agence immobilière. Un acheteur est intéressé par la maison, et il a fait une belle offre. Le frère de Mel, Paul, qui vit à Omaha et chez qui Mel vient de passer une année de convalescence, s'est rendu à Denver deux fois au cours du mois pour s'occuper de la vente ; Mel n'était donc pas obligée de revenir. Mais la vente ne comprend pas le mobilier – toutes ces pièces pleines de tables et de chaises datant du début du siècle, de tentures, de tapis anciens, de milliers de bibelots –, et Mel est soi-disant venue pour le vendre ou l'entreposer ou, comme elle l'a dit à Paul avant de partir, pour jeter un dernier coup d'œil à sa chambre, et voir si elle y trouve quelque chose qu'elle souhaite garder.

Mel ferme la porte d'entrée derrière elle, puis la rouvre brusquement pour chasser l'odeur de renfermé. Elle laisse glisser son sac à dos par terre et plonge son regard dans la pièce étroite. Pour elle, l'entrée a toujours été l'endroit le plus froid de la maison, un passage sombre dont le parquet et les murs vides étaient si différents des autres pièces. De lourdes portes coulissantes, fermées à présent, mènent sur la gauche au petit salon et sur la droite à la salle à manger ; plus loin, des portes ordinaires ouvrent sur l'alcôve et sur les placards sous la cage d'escalier. À l'arrière de la maison, un couloir dessert la cuisine, et juste à côté, une autre porte donne sur l'étroit escalier métallique de service en colimaçon qui s'élève du sous-sol jusqu'au grenier.

Voilà comment il était arrivé jusqu'à eux silencieusement ; sinon, Melody et son père, qui avaient tous deux le sommeil léger, auraient entendu le craquement familier des escaliers de l'entrée, le gémissement de la rampe en bois.

Elle s'était réveillée avec le canon d'un revolver enfoncé entre les lèvres, métal glacé contre ses dents, aveuglée par la lumière de sa lampe de chevet. Il portait une cagoule de ski et un anorak bleu usé qui bruissait à chacun de ses mouvements. Elle ne pensait qu'à une seule chose : elle était nue sous les couvertures. Il ôta le pistolet de sa bouche, le pointa vers sa tête, et de l'autre main lui brandit au visage un message écrit – pour qu'elle n'entende pas sa voix ? se demanda-t-elle en plissant les yeux, s'efforçant de se concentrer sur les mots. « Le coffre, lut-elle. Où est le coffre, et quelle est la combinaison ? »

Mais il n'y avait pas de coffre. Elle hésita, puis fut incapable de parler. Il lui fit signe de se redresser. Elle obtempéra, et les couvertures glissèrent sur ses cuisses. Curieusement, elle n'avait pas peur. Elle sentait son cœur battre à tout rompre, et sa peau se refroidir ; l'intensité lumineuse de l'ampoule lui brûlait les yeux. Elle fut interloquée, car tout en sachant que cet homme allait probablement la tuer, elle n'avait pas peur, comme si son esprit n'avait pas assez de place ni de temps pour ressentir une telle émotion.

Il la prit par le bras, la tira du lit, la fit pivoter sur elle-même, planta le pistolet dans ses cheveux – sa crinière indomptable, dont les mèches frisées tombaient en cascade jusque sous ses épaules – et la poussa vers la chambre de son père à l'autre bout du couloir.

Mel ouvre les portes coulissantes donnant sur la salle à manger. Rien n'a changé. Les murs sont encombrés de gravures du XVIIIe siècle et de miroirs aux cadres raffinés. Le service de table Queen Anne, la boîte à porcelaines ont l'air d'avoir été astiqués tout récemment ; le service en cristal et l'argenterie aux manches taillés en forme de visages sont exposés comme ils l'ont toujours été.

Elle pénètre dans la cuisine. La porte du réfrigérateur est ouverte, mais la lumière est éteinte. Elle referme la porte, soulève le combiné du téléphone accroché au mur et le colle à son oreille, même si elle sait qu'elle n'entendra pas de signal sonore. Sa chambre mise à part, la cuisine était son endroit préféré de la maison : la table en chêne dans le coin repas, là où elle lisait ou faisait ses devoirs tandis que la lumière de l'après-midi filtrait de biais par les baies vitrées. Vers ses douze ans, elle était seule ici la plupart du temps : son père ne pouvait plus payer la femme de ménage, et son frère était déjà parti pour de bon. Ainsi, après l'école, elle posait ses livres sur la table près de la fenêtre, puis, tandis que des biscuits ou peut-être un gâteau cuisaient au four, elle concoctait des salades et des plats mijotés que son père trop souvent ne venait pas manger. Malgré tout, l'idée d'un plat préparé sur le feu ou au chaud dans le four la réconfortait.

Mel raccroche le téléphone, et alors qu'elle retourne dans le couloir, elle entend une voiture se garer devant la maison ; elle sait que c'est Beth, l'agent immobilier chargée de la vente. Ce n'était pas une idée de Mel. C'était Paul qui avait appelé Beth de l'aéroport. Mais d'un autre côté, on peut dire que l'idée venait de Mel, puisqu'elle avait insisté pour revenir s'occuper du mobilier, c'était commode comme explication, quelque chose que son frère serait susceptible de comprendre. Paul l'avait ignorée toute sa vie ; maintenant, il se comportait comme s'il avait besoin d'elle, besoin de la protéger.

Mel s'achemine vers la porte d'entrée. Beth descend de sa rutilante voiture et lève les yeux sur l'arbre géant qui se déploie bien au-dessus d'elle ; bizarrement, à cet instant, Mel sait que les nouveaux propriétaires, quels qu'ils soient, vont décider qu'il est trop vieux et trop imposant pour le quartier, et qu'ils l'abattront.

« Quel arbre magnifique ! » s'exclame Beth debout sur le trottoir. Elle porte un tailleur blanc et des chaussures plates assorties, et un chapeau printanier à bord mou que Mel trouve ridicule. Elle s'approche du porche et dit : « J'espère qu'il survivra. Vous savez, le champignon parasite de l'orme sévit dans le coin.

– C'est un sycomore », dit Mel, et Beth hausse les épaules, tournant et retournant sa main en l'air comme pour dire : Sycomore, orme, quelle différence ?

Mel s'imagine que Beth est une femme au foyer retraitée, la quarantaine bien tassée. Son nez est trop long et sa bouche trop large, mais elle dégage une séduction toute maternelle. Paul est en contact avec elle depuis qu'il a décidé à l'automne dernier et en accord avec Mel de vendre la maison. Divorcé depuis peu, Paul a vingt-neuf ans, soit dix de plus que sa sœur ; dentiste, il vit dans une banlieue pavillonnaire et cossue d'Omaha avec ses deux fils en bas âge. Depuis sa sortie de l'hôpital il y a onze mois, Mel est en convalescence chez lui, où elle s'occupe des garçons quand elle le peut. Paul a fait plusieurs voyages à Denver pour la maison, mais Mel ne pouvait revenir avant d'être prête. Un soir, en l'absence de Paul, elle avait fait un rêve fou, semblable à son cauchemar récurrent, mais différent en ce sens qu'elle était consciente du fait qu'elle rêvait ; telle une spectatrice devant un film, elle se voyait retourner dans la maison de son père, passer d'une pièce à l'autre et revivre l'horreur de cette nuit. Abruptement, le rêve avait basculé dans un lointain futur, où elle se retrouvait l'esprit engourdi dans un lieu inconnu et éloigné ; elle se sentait bien, et dotée en prime d'étranges pouvoirs, elle voyait les auras de ses semblables et leur vie se dérouler minute après minute ; elle se trouvait dans un futur où elle partageait le même espace que les autres tout en les précédant légèrement, de telle sorte que le cours de ses propres journées lui était prévisible, un futur dans lequel le cauchemar du passé avait pris fin, disparu tout comme, d'une certaine manière, elle-même avait disparu.

L'homme alluma le plafonnier ; le père de Mel se redressa dans son lit tandis qu'ils pénétraient tous deux dans la chambre. Son père clignait des yeux. Il ne pouvait pas faire grand-chose d'autre car l'homme, derrière sa fille nue qu'il tenait par le cou, braquait un revolver sur sa tête. Il tira son père du lit et d'un geste leur ordonna à tous deux de s'allonger par terre à plat ventre. Il saisit une couverture et la jeta sur Mel, ce qui la surprit, mais ensuite il s'agenouilla au-dessus d'elle, arracha la couverture, lui mit les mains derrière le dos et attacha ses poignets et ses chevilles avec du ruban adhésif, avant d'en faire de même avec son père. Son père ne cessait de demander : « Pourquoi ? Qui êtes-vous ? Que voulez-vous ? » – encore et encore tandis que le bruit du ruban adhésif que l'homme déchirait envahissait les oreilles de Melody. Mais la réponse, lorsqu'elle vint, se résumait à ce mot écrit, qu'il baissa cette fois à hauteur des yeux de son père. Où était le coffre ? Quelle était la combinaison ?

Mais il n'y avait pas de coffre. Son père le lui dit. Il n'y avait jamais eu de coffre, pas ici. « Sur la commode, prenez le portefeuille, la montre – prenez la télé, n'importe quoi. Mais ne nous faites pas de mal. »

Et Melody pensait continuellement : Il ne va pas nous faire de mal, il ne cherche que de l'argent, il prendra le portefeuille et il partira.

Il commença avec les tableaux accrochés aux murs, les arracha l'un après l'autre et les jeta par terre, puis il s'avança jusqu'au placard, balança tous les vêtements dehors, fit tomber toutes les boîtes des étagères. Pas de coffre. Il s'immobilisa ; sa poitrine se soulevait, Melody sentait la colère de l'homme, l'air autour de lui semblait bouillir de fureur. Il se tint au-dessus d'eux pendant un moment, puis saisit soudain le père de Melody par les cheveux et appuya le revolver contre son front... et Melody attendit, souhaitant désespérément avoir peur, souhaitant que la peur la libère, qu'elle la sente comme un poison dans son sang se répandre dans son esprit, dans son être tout entier.

Il y avait une assurance vie, quelques dollars sur un compte chèques, et une somme mise de côté pour financer ses études. Paul vendit la voiture et lui donna la moitié de l'argent, mais elle le lui rendit pour payer un loyer mensuel. Même après les frais d'hôpital, la moitié de la police d'assurance et l'argent de la maison lui suffiraient largement.

Quant à la somme prévue pour ses études, son père ne lui en avait jamais parlé. Mais cela lui ressemblait, de ne rien dire. Ayant perdu sa femme à la naissance de Mel, c'était un homme silencieux et maussade, grand, avec des yeux enfoncés et des épaules voûtées pour toujours ; il ne lui adressait que très rarement la parole. Des journées entières se passaient sans qu'il lui parle ; ainsi, elle grandit en faisant trop d'efforts, espérant combler non seulement sa perte à lui, mais la sienne aussi. Il avait eu des problèmes financiers. Il finit par vendre l'imprimerie qui avait appartenu à son grand-père et à son père, et par trouver un emploi au *Denver Post*. Lorsque Mel eut fini le lycée, elle alla seule à la remise des diplômes, puis passa un an à faire des petits boulots et à traîner dans la bibliothèque municipale – sans que son père lui souffle mot de la somme mise de côté pour ses études.

« Vous savez ce qui me plaît dans cette maison ? dit Beth. C'est tellement calme. » Elle tapote le mur près de la porte d'entrée. « C'est tellement solide. »

Mel songe à sourire, mais craint que cela ne ressemble à une grimace. Cela dit, Beth a raison : la maison est calme. Les grands-parents paternels de Mel y avaient vécu et y étaient morts avant sa naissance ; ils faisaient partie, tout comme sa mère et les parents de sa mère, de cette famille silencieuse qu'elle ne connaîtrait jamais. Enfant, Mel avait embrassé et fait sien ce silence ; tandis que Paul avait grandi en colère, plein de haine pour cette maison qu'il avait quittée à la première occasion. À présent, Mel ne sait plus quoi penser. Cela n'a jamais été un endroit joyeux, un endroit fait pour un enfant, mais c'est tout ce qu'elle connaît. Et maintenant, elle doit l'oublier. Elle doit traverser chaque pièce l'une après l'autre, afin de l'effacer à tout jamais de son esprit.

Elle fait coulisser les portes qui mènent au petit salon. Les meubles n'ont pas bougé – le canapé et la causeuse près de la cheminée, la table octogonale dans la tourelle, l'orgue Estey appuyé contre le mur. Il y a trop de tables : tables basses, guéridons et consoles grouillant de bibelots qui n'ont jamais eu la moindre importance pour Mel, mais envers lesquels elle ressent désormais un attachement importun, sachant qu'elle peut en disposer à sa guise.

« Installez-vous dans le canapé à côté de la cheminée », dit-elle à Beth. Mel est consciente de démarrer désormais au quart de tour : depuis son séjour à l'hôpital, elle a du mal à écouter son frère se plaindre de son divorce, et aujourd'hui dans le taxi en venant de l'aéroport elle a rembarré le chauffeur lorsque celui-ci avait tenté de faire la conversation. Mel ne souhaite pas être impolie avec Beth, mais elle ne ressent pas non plus le besoin de s'expliquer. Elle a tout simplement besoin d'être seule pour faire ce qu'elle doit faire. « Je reviens », dit-elle.

Elle monte les escaliers jusqu'au premier étage, traverse le palier et pénètre dans sa chambre inondée de soleil : quelqu'un a ouvert les rideaux de la fenêtre qui donne sur le jardin à l'arrière de la maison, sans doute son frère lors de sa récente visite. Ici, tout – l'imposante tête de lit, le lourd buffet en noyer aux poignées en forme de larmes, les livres empilés par terre et sur son bureau – est recouvert d'une mince couche de poussière. Cette pièce sans aucune fioriture n'a jamais été une chambre de fille, encore que son père ait fléchi quand elle avait six ans et remplacé le vieux papier peint par une tapisserie avec des personnages de *Winnie l'Ourson* : Maître Hibou, Bourriquet et Jean-Christophe, Winnie et Porcinet tournoyant à la suite des multiples traces de pas d'un Woozle ; les couleurs des personnages s'estompent à présent ; le papier se craquelle et commence à partir en lambeaux.

Elle s'immobilise près de la fenêtre. La pelouse du jardin à l'arrière de la maison est clairsemée et jonchée de débris apportés par le vent d'hiver, et le cornouiller éclatant avec ses centaines de fleurs blanches en grappes semble extravagant, abandonné à la nature. Derrière la clôture s'étend la vaste pelouse du voisin, et de l'autre côté de la rue se trouve le club de loisirs où enfant elle passait ses week-ends. Seule, tous les dimanches en hiver, elle testait la solidité du ruisseau gelé, arpentait le terrain de golf devenu son domaine privé ; les arbres qu'elle escaladait étaient des maisons imaginaires dans lesquelles, vêtue de son lourd manteau, elle se tenait perchée comme un oiseau silencieux, observant les voitures couvertes de givre glisser doucement dans l'avenue toute proche. Elle était garçon manqué : elle avait du mal à se sentir fille ; elle se trouvait étrange et laide et coupable, et avec un frère tellement plus âgé qu'elle et un père absent même quand il était présent, personne ne l'avait jamais contredite.

Mel se détourne et quitte la chambre, mais se fige à peine la porte franchie. Elle se sent soudain étourdie, prise de vertiges. Tout va bien, se dit-elle. Elle est arrivée jusque-là ; elle peut continuer. Elle inspire, se maintient en équilibre en appuyant une main contre le mur, puis marche jusqu'à la chambre de son frère, où elle jette un coup d'œil. Elle poursuit ensuite son chemin en contournant les escaliers jusqu'à la chambre de son père. Voilà pourquoi elle est revenue. Elle voulait s'obliger à venir jusqu'à cette chambre, parce qu'elle croit en son rêve. Elle a répété la scène cent fois dans sa tête ; elle est convaincue de pouvoir entrer et sortir, et dans cet instant tout revivre – tout : l'absurdité de la chose, l'horreur, la peur qu'elle n'a jamais ressentie. Puis repartir et oublier, oublier totalement cette chambre... ou bien garder le souvenir d'une chambre parfaitement ordinaire, chose qu'elle avait toujours été : la robe de chambre de son père accrochée à l'intérieur de la porte du placard, la collection de vieux presse-papiers sur le secrétaire, la lampe Tiffany dans le coin près du store entrouvert, l'odeur humide, douceâtre et pénétrante du tabac à pipe mêlé à l'eau de Cologne, le tapis oriental décoloré par le soleil de l'après-midi qui l'embrase à travers les grandes fenêtres... mais sur le tapis il y a aussi un grand ovale décoloré que quelqu'un a frotté longuement, s'efforçant de faire disparaître une tache avec Dieu sait quels produits chimiques...

Il glissa le revolver dans sa poche et examina la chambre, comme pour décider quoi faire ou quoi prendre, puis leur adressa un regard noir qui semblait dire : Hé, le vieux, tu crois que je suis venu pour ton portefeuille ? Tu crois que je suis venu pour ta putain de télé ?

Et il sortit. Elle l'entendit faire valser les tableaux accrochés au mur dans la chambre de son frère, renverser la commode. Puis, dans sa propre chambre, arracher les cintres du placard, ouvrir violemment les tiroirs et les jeter sur le sol. Il descendit les escaliers en courant, et elle l'entendit dans le petit salon bousculer le mobilier avec fracas, briser du verre. Elle tordit ses bras pour tenter de desserrer le ruban adhésif, essaya en vain de dégager une main. Son père était allongé près d'elle – si elle arrivait à se baisser un peu, jusqu'à ses poignets, elle pourrait arracher le ruban avec ses dents, et le libérer. Elle se roula sur le côté, dit à son père ce qu'elle voulait faire, s'attendant à ce qu'il dise, espérant qu'il dise : Oui, dépêche-toi ; mais tout ce qu'il réussit à exprimer, c'était : Pourquoi ? Pourquoi cela leur arrivait-il ?

Melody en peignoir traînant son père dans le jardin enneigé à l'arrière de la maison, escaladant la clôture pour s'enfoncer dans l'obscurité du jardin voisin – elle se voyait marcher sur la pointe des pieds jusqu'à sa chambre pour prendre son peignoir, descendre à toute vitesse avec son père les escaliers de service jusqu'à la porte à l'arrière de la maison, puis sortir dans la nuit... mais l'homme revint avant qu'elle ne puisse dégager les poignets de son père ; il pénétra dans la chambre comme elle relevait la tête, un long morceau de ruban adhésif entre les dents.

Il ne la frappa pas. Il la tira simplement par les cheveux, la ramena dans sa position initiale, puis se pencha sur eux ; sa respiration rapide et saccadée ressemblait à un râle ; il leur brandit le message sous les yeux, le leur tendit d'une main jeune et tremblante, en cognant contre le papier le canon de son revolver. Et son père dit : « Mais bon sang, il n'y a pas de coffre. Vous êtes sourd ou quoi ? Il n'y a pas de coffre. » Et l'homme lui tira dessus. Dans un coup de tonnerre, son père rebondit une fois, puis sa vie se répandit sur le tapis par une déchirure dans la tête. La dernière chose que Mel sentit fut le revolver dans ses cheveux, puis un vrombissement, non pas un son, mais une pression, un tourbillon comme le vent dans un tunnel, un envol.

C'est trop pour elle. Soudain, elle a un haut-le-cœur. Elle se précipite hors de la chambre, dans le couloir jusqu'à la salle de bains, mais une fois devant la cuvette des toilettes elle n'arrive pas à vomir. Elle attend, mais rien ne vient. Elle songe un instant à s'enfoncer un doigt dans la bouche, mais elle en est incapable. C'est comme ça depuis l'hôpital, elle a la sensation d'étouffer, que quelque chose est là sans y être, non pas au fond de sa bouche mais caché, comme en embuscade dans les lésions à la base de son crâne. Et cela ne vient pas, ne la quitte pas.

Elle avance jusqu'au lavabo et se rend compte – tandis que debout devant le miroir elle scrute un visage qui n'est pas son visage actuel, mais un visage sorti du futur – que le rêve était une invention, une mystification ; elle a été idiote de penser qu'elle pourrait revenir et repartir, et se débarrasser ainsi du passé. Elle en rirait presque. Elle est à la fois la farce et la farceuse, la rêveuse et le rêve lui-même. Oh, mais la peur viendra. Elle le sait maintenant, elle le voit dans ses yeux. Elle suintera doucement, goutte après goutte, année après année, comme des larmes, comme du sang coulant d'une plaie ouverte à jamais.

Elle se passe de l'eau sur la figure, dans l'espoir d'abréger un moment qui semble interminable. Elle devrait laisser repousser ses cheveux, pense-t-elle, cette crinière indomptable qui l'a sauvée, car il pensait l'avoir atteinte en pleine tête quand la balle n'avait fait qu'un faux pli sur son crâne. Elle s'était tournée vers son père à cet instant, sa chevelure bouclée lui descendant jusqu'au milieu du dos, et au lieu de sa tête il avait fait feu dans ses cheveux.

Elle n'en a plus à présent, ils sont à peine assez longs pour couvrir le sillon sur son crâne. Elle avait passé un mois à l'hôpital, puis la longue période de son lent rétablissement chez son frère à Omaha. La police avait arrêté l'homme le soir même, dans une autre maison à quelques rues de là – un toxicomane, ou un déséquilibré. Elle n'obtint jamais plus de précisions là-dessus. Elle avait repris connaissance dans un brouillard de douleur, le côté gauche de son visage dans une mare de sang – le sien et celui de son père – , dont l'odeur fruitée et écœurante envahissait sa gorge ; elle avait rampé sur le sol jusqu'au téléphone, saisi le fil entre ses dents, puis reculé jusqu'à ce que le vieil appareil tombe du bureau. Plus tard – une fois sortie de l'hôpital – , chez son frère, les cauchemars commencèrent : un homme encagoulé la poursuivait, la rattrapait, le revolver s'emmêlait dans ses cheveux. Toutes les nuits, elle se réveillait en hurlant, et son frère, troublé tout d'abord, terrifié même, puis impatient, condescendant, lui disait que ça allait, que tout allait bien maintenant, que l'homme était en prison. Comme si cela suffisait.

Mel quitte la salle de bains. Elle se sent lourde ; la lumière grise du couloir l'oppresse ; l'air se dépose dans ses poumons comme de la cendre. Elle s'oblige à passer devant les chambres, à descendre les escaliers, et lorsqu'elle pénètre dans le séjour, Beth se lève du canapé. La porte d'entrée est toujours ouverte, et maintenant s'ajoute au silence morose de la maison un courant d'air froid.

« Il n'y a rien ici que je souhaite garder, dit Mel, et Beth cligne des yeux, considère le mobilier, puis pose la main sur l'accoudoir du canapé.

– C'est très vieux, ça.

– Oui, c'est rembourré avec du crin de cheval, dit Mel, impatiente à présent. Et les dessus de table sont en marbre, les chaises sont d'époque et le tapis aussi.

– Ça doit valoir une fortune, dit Beth sur un ton presque rêveur.

– Eh bien, vendez-le, et vous ramasserez une fortune. »

Mel est sur le point d'ajouter : Et profitez-en pour vous acheter un nouveau chapeau... une douzaine de phrases supplémentaires trop cruelles pour être spirituelles lui viennent à l'esprit... mais elle discerne chez Beth une véritable chaleur, une sollicitude à son égard qui n'a rien à voir avec la maison.

Beth hésite, puis s'éclaircit la gorge. « Ma petite, tes livres, tes vêtements dans ta chambre. Tu ne veux rien de tout ça ? »

Soudain, Mel veut partir. Quitter la maison, la ville. Elle songe à partir en Alaska en stop, travailler dans le bâtiment ou s'embarquer sur un bateau de pêche, un truc dur et en plein air. Un truc loin d'ici.

« Est-ce qu'il faut signer des papiers ? »

Beth sourit. « Ton frère s'en est chargé. La vente sera effective dans un mois. »

Mel soulève son sac à dos par une bretelle et l'enfile sur ses épaules. « Eh bien, vous pouvez me déposer alors ? Sur l'autoroute en ville ?

– Bien sûr, ma chérie. » Beth s'avance vers Mel, mais s'arrête brusquement en la voyant se détourner. Elle dit alors : « Et si on allait déjeuner d'abord chez André ? Ou bien il y a un nouveau restau sympa dans le centre commercial en ville. »

Mel n'arrive pas à lui répondre. Elle en pleurerait tellement l'idée de déjeuner ensemble est absurde. Elle sort dehors sous le porche. Elle reconnaît les clignotements du soleil à travers les hautes branches du sycomore. Petite, vers cinq ou six ans, elle avait pris dans la salle à manger un plat, était sortie dehors devant la maison et l'avait rempli de terre ramassée au pied des rhododendrons. Son père l'avait fessée, levant la main sur elle pour la première fois. Puis il l'avait prise dans ses bras sous le porche, et dans un rare témoignage d'affection, tandis que par-dessus son épaule des arcs-en-ciel clignotaient dans la lumière du soleil à travers les larmes de sa fille, il l'avait embrassée sur la joue en lui demandant pardon.

Mel tend la clé à Beth, qui ferme la porte d'entrée. La lumière fragmentée produit un effet hypnotique, et tandis qu'elles se dirigent toutes deux vers la voiture, Mel voit trop clairement ce qui va arriver au vieux sycomore – elle les voit en train de l'abattre, de le démembrer, broyant ses branches dans l'une de ces machines infernales, la poussière tourbillonnant dans le ciel d'été.

Beth ouvre à Mel la portière côté passager et dit : « Tu ne veux pas que je t'emmène chez une amie ? Ou dans un hôtel ? Écoute, ma chérie, je n'ai pas besoin de retourner au bureau. Tu pourrais venir chez moi à Cherry Hills. La plus jeune de mes filles est à la fac et nous avons trop de chambres vides, mon mari et moi. C'est une très jolie maison, avec un jardin magnifique, des cornouillers, des cerisiers, et, oh, le parterre de fleurs, c'est le plus beau moment de l'année. Tu peux rester avec nous, tu sais. On serait heureux de t'accueillir. Tu pourrais t'y détendre.

– Non merci », dit Mel en s'asseyant à l'avant de la voiture de Beth ; glissant son sac à dos sur ses genoux, elle l'enlace comme une petite fille une poupée. Parce qu'elle n'a pas envie de se détendre. Ce dont elle a envie, c'est de courir. Courir, courir hors d'elle-même. Ce dont elle a envie, c'est de disparaître, même si elle sait que cela ne changerait pas grand-chose. Ce dont elle a vraiment envie, c'est de tuer quelqu'un.

Deux étrangers

Mel dit : « Réveille-toi, Hopalong. Celui-là va s'arrêter. »

Hank ouvrit les yeux et vit l'intérieur de son chapeau. Puis il se rendit compte qu'il s'était endormi au bord de l'autoroute. Il se redressa. L'air sentait les fleurs sauvages et l'asphalte brûlant. Il se leva, décolla sa chemise inondée de sueur de sa peau, et scruta le canyon.

C'était une grosse Mercedes gris métallisé, un vieux modèle qui semblait flotter en gravissant la pente dans la voie de gauche, dévorant fumée, poussière et nids-de-poule comme un aéroglisseur. Elle doubla la longue file de camions qui avançaient lentement, prit avec élégance le virage qui longeait le canyon, et décrivant un long arc, se dirigea droit sur eux de toute sa puissance, pare-brise éclatant sous le soleil. Mel souleva son sac à dos et le passa en bandoulière sur son épaule. Elle leva le bras haut et droit, pouce en l'air. « Finalement ! » dit-elle.

Mel était phénoménale. Elle pouvait prédire à deux kilomètres quelle voiture allait s'arrêter. Pas chaque fois, mais assez souvent pour que Hank se demande si elle avait des pouvoirs surnaturels, même s'il ne croyait pas en ce genre de choses. Cela faisait cinq jours qu'ils voyageaient ensemble : depuis Isla Mujeres, ils avaient traversé la péninsule du Yucatan, Veracruz, Mexico, Guadalajara, et Mel avait prédit presque toutes les voitures qui les avaient pris en stop. Elle disait : « Tu vois la Ford qui fume, deux voitures derrière le car ? », ou : « Le gros Dina avec la cabine rouge ; pas le premier, celui au sommet de la colline. » Puis elle levait le pouce en bombant la poitrine et parfois en se déhanchant, et ne voilà-t-il pas que le Mexicain qui se morfondait à bord de son camion dangereusement penché s'arrêtait au bord de la route.

Ils s'étaient rencontrés sur le ferry qui fait la liaison entre l'île et le continent. Assis à côté d'elle, Hank s'était présenté en faisant l'erreur de dire que ses amis l'appelaient Hopalong, parce qu'une fois il avait porté des éperons sur ses après-ski, puis il ajouta qu'il venait de Dallas, mais que maintenant il vivait à Crested Butte, où il était moniteur de ski et barman à temps partiel, et que tous les étés il descendait en stop dans le Sud pour ses vacances... Elle l'interrompit, lui dit qu'elle s'appelait Melody, mais insista pour qu'il l'appelle Mel. Elle ne lui dit pas son nom de famille. Ni d'où elle venait. En fait, elle ne dit pas grand-chose, si ce n'est qu'elle était écrivain, et qu'elle ferait volontiers un bout de chemin avec lui, ce serait une bonne façon d'éviter les mains baladeuses de tous ces fichus machos de Mexicains, mais qu'il n'aille surtout pas s'imaginer que voyager ensemble signifiait coucher ensemble. Ainsi, Hank ne s'imagina rien, même si elle était loin d'être repoussante et qu'il se surprit plus d'une fois à se demander à quoi elle ressemblait sous son jean large et ses amples chemises kaki. En tout cas, c'était quelqu'un avec qui parler, à défaut d'avoir des échanges, et si elle cherchait un sujet pour son livre, eh bien, le voici : Hopalong Hank et Melody Personne, unis sinon par l'amitié, du moins par le fait d'être deux étrangers arpentant ensemble les autoroutes imprévisibles du Mexique. Et ils avaient une destination commune – Mazatlan sur la côte pacifique, pour traverser le golfe et rallier La Paz et la Basse-Californie jusqu'aux États-Unis. Et Mel avait un sacré don pour l'auto-stop.

Maintenant, au nord de Guadalajara sur l'autoroute 15, aux contreforts septentrionaux des *barrancas* – les canyons de la sierra Madre occidentale –, Hank saisit son sac à dos et observa la Mercedes qui s'approchait. Mel se lança – hanches et poitrine en avant, concentrée à fond – et la grosse berline freina, s'immobilisant sur le bas-côté à quelques mètres d'eux. Mel s'élança sur l'asphalte, petite et confiante. Elle s'assit à l'avant. Hank déposa les sacs à dos sur la banquette arrière et monta à son tour.

Le conducteur, un grand gringo au visage grêlé qui portait des lunettes d'aviateur, garda le silence jusqu'à ce qu'ils aient quitté les contreforts du canyon et qu'ils se soient engagés sur la longue route qui menait droit à Tepic, la prochaine ville au nord. Puis il se présenta. Il s'appelait Joseph, ou Joe, mais, au Mexique, tout le monde l'appelait l'Allemand. Sa voiture était *wunderbar*, n'est-ce pas ? Mister Wunderbar. Il parlait anglais avec un accent allemand. La voiture, expliqua-t-il, était un modèle rare, une 600S, « la berline la plus élégante et la plus puissante jamais construite », qui avait plus de vingt ans et qui était pourtant à l'état neuf. Il sourit, tripota le levier de vitesse, puis aplatit une mèche inexistante au sommet de son crâne luisant. Il portait un sombre costume trois-pièces et une chemise blanche ouverte au col, sans cravate. Il semblait avoir quarante, peut-être quarante-cinq ans, même si les rides aux commissures de sa bouche et les plis distendus sous son menton faisaient penser qu'il était plus âgé, peut-être la cinquantaine. Hank fixa le costume, vêtement étrange vu la chaleur. Mel dit : « Comment vous avez obtenu des plaques mexicaines pour cette voiture ? »

L'Allemand se pencha sur le volant, alluma la radio et chercha une station. Hank s'était posé la même question. Avec les taxes à l'importation, la voiture coûterait une fortune. Et la loi mexicaine interdisait aux étrangers de conduire une voiture immatriculée au Mexique, à moins qu'il ne s'agisse d'une location, ce qui n'était manifestement pas le cas. L'Allemand se laissa aller sur son siège et rajusta ses lunettes. Il regarda Mel.

« Vous êtes des touristes », dit-il.

Mel plissa les yeux. Elle détestait être traitée de touriste. À Mexico, sur le Zocalo, derrière un groupe d'Américains – chemises voyantes et bermudas – qui prenaient des photos, elle avait dit à Hank qu'elle était voyageuse, ou visiteuse, ou écrivain menant une enquête, mais elle n'était pas ni ne serait jamais touriste !

Mel dit à l'Allemand : « Et vous, vous êtes voleur de voitures. »

L'Allemand rit. Il rejeta la tête en arrière, toussa, fit ronfler le moteur et déboîta pour doubler une horde de cars crachant de la fumée. Mister Wunderbar fonça comme une fusée sur la file de gauche de l'autoroute étroite, sans la moindre chance de pouvoir se rabattre. L'Allemand conduisait le coude posé sur la vitre baissée. La puanteur du diesel, mêlée à l'habituelle odeur de fruits blets de la campagne mexicaine, s'engouffra par la vitre ouverte et agressa les narines de Hank. L'Allemand rit doucement, secoua son gros visage, rit de nouveau, puis dépassa le car en tête de file et regagna la file de droite. « Je suis ici depuis huit ans, dit-il, et c'est la première fois que je vois une femme faire du stop. » Il jeta un coup d'œil à Mel. « Ce n'est pas une bonne idée de faire du stop au Mexique, même si vous êtes avec votre mari.

– Ce n'est pas mon mari, dit Mel.

– Eh bien, votre petit ami, alors.

– Ce n'est pas mon petit ami non plus. On voyage ensemble... parce que c'est commode.

– Ah oui, dit l'Allemand. Commode. » Il leva le menton et fixa les yeux de Hank dans le rétroviseur. Il lui fit un clin d'œil. « Eh bien, c'est commode que je me sois arrêté, non ? » Il poursuivit, à l'intention de Mel : « Très commode. Parce que vous roulez à bord de la meilleure voiture du Mexique, avec le meilleur conducteur du continent. »

Mel leva les yeux au ciel. Elle allait répondre lorsque soudain l'Allemand fit une embardée en freinant violemment. Hank heurta le siège avant, puis tendit la main vers Mel qui avait glissé à moitié sous le tableau de bord. L'Allemand jura, mais réussit à contourner l'énorme camionnette diesel qui dérapait en travers de l'autoroute dans leur direction. Derrière, un cheval efflanqué quitta la route au trot et disparut entre les arbres. Mel s'assit. L'Allemand jura de nouveau, puis changea de vitesse, et ils laissèrent derrière eux la camionnette. « Vous voyez ? dit-il, criant presque. Sans Mister Wunderbar, nous serions morts ! Voilà pourquoi il faut voyager en première classe au Mexique. Ce sont les *campesinos* – les paysans – qui provoquent les accidents. Ils ne comprennent pas la vitesse comme nous. Ils n'ont pas la relation adéquate à la mécanique ! » Mel garda le silence. Elle plissa les yeux comme pour dire : C'est quoi ce délire ?, mais elle garda le silence. Hank faillit le dire lui-même. De toute évidence, le cheval, et non le soi-disant paysan de la camionnette, était responsable de l'accident qu'ils venaient d'éviter de justesse. Et que dire de ces foutaises sur une quelconque relation à la mécanique ?

À l'approche de Tepic, les petits terrains cultivés en terrasses cédèrent la place à de gigantesques champs labourés par des tracteurs, comme aux États-Unis. Un avion pulvérisateur se catapulta dans les airs devant la voiture, dépassant les lignes téléphoniques qui longeaient l'autoroute. Mel se pencha, pivota sa tête de lutin afin de l'observer à travers le pare-brise, puis se tourna précipitamment vers sa vitre. L'avion sembla un instant suspendu immobile au-dessus des lignes, puis vira pour plonger vers le champ dans la direction opposée. Mel alla jusqu'à faire demi-tour sur son siège pour le suivre du regard.

Elle était comme ça, Mel. Le monde alentour était épatant ou ennuyeux, l'événement à ne pas manquer ou sans intérêt. La veille au soir à Guadalajara, elle avait dit à Hank qu'elle allait dans un bordel pour voir à quoi ça ressemblait, voulait-il l'accompagner ? Un bordel ? dit-il. Était-elle folle ? Il lui dit d'y aller et qu'il l'attendrait dans le parc, qu'il surveillerait son sac à dos pendant qu'elle se faisait tuer. Il finit pourtant par céder, et accepta son offre de payer le taxi, les cocktails, tout ce qu'il faudrait pour aller au bout de l'expérience. Mel acheta du gel et un chapeau bon marché à la gare routière, où ils déposèrent leurs sacs à la consigne. Elle se plaqua les cheveux en arrière avec le gel et baissa la visière du chapeau sur son front, et lorsqu'elle releva le col de son coupe-vent, Hank dut admettre qu'on pouvait la prendre pour un mec, quoique ridiculement petit. Le chauffeur de taxi ne sourcilla pas lorsqu'elle lui demanda de les emmener dans le meilleur établissement de la ville. Les videurs ne firent aucun commentaire quand elle paya l'entrée. Et les filles – Hank n'en revenait pas, il y avait bien une centaine de filles dans cet énorme gymnase assourdissant reconverti en dancing, papotant dans les gradins, naviguant entre les tables, dansant ensemble sur le terrain de basket –, les filles trouvèrent Mel mignon, certaines vinrent même s'asseoir sur ses genoux, affirmant que Hank était trop grand et trop blond pour elles.

Ainsi, l'idée que Hank se faisait de Mel était la suivante : vingt-huit, vingt-neuf ans, écrivain car elle ne pouvait s'en empêcher, voyageuse car elle ne pouvait rester en place, à la fois aventurière et désespérément à la recherche d'une idée nouvelle. Elle adorait la route. Elle roulait avec n'importe qui dans n'importe quel véhicule, allant là où on voulait bien l'emmener, sauf là où elle avait déjà été. Elle mangeait, buvait et fumait ce que d'autres ne toucheraient pas, et, le soir, lorsqu'elle commençait enfin à fatiguer, elle choisissait le pire endroit où planter sa tente, un endroit aussi bizarre que possible, et parlait d'« auras », d'« ondes » et de « communications télépathiques ». Puis, lorsqu'elle voyait que Hank commençait à s'interroger à son sujet, elle riait en affirmant que c'étaient des foutaises. Après vingt minutes dans le bordel – Hank ne put supporter d'y rester plus longtemps –, elle eut un petit moment de tendresse dans le taxi qui les ramenait à la gare routière, étreignant sa main et lui embrassant la joue. Puis elle passa la nuit à griffonner dans son journal.

L'Allemand dit : « On arrive chez moi. » Ils dépassèrent une usine Coca-Cola sur leur droite. Devant eux sur la gauche ils virent une voiture de police et un groupe de badauds agglutinés autour d'une collision. L'autoroute s'était transformée en large avenue, et l'Allemand patienta au volant, résigné à l'embouteillage. « On trouve peu de *Norteamericanos* à Tepic, dit-il. C'est pour ça que j'aime bien ici. Mais parfois, vous savez, c'est bon de se retrouver parmi les siens. » Il rit. « Ma femme me dit que je ne deviendrai jamais mexicain, et elle a raison. »

L'Allemand était marié ? Hank essaya d'imaginer sa femme. Une grande princesse du Nord, peut-être ? Une *Frau* massive avec un fichu sur la tête ?

À un feu rouge du centre-ville, l'Allemand prit une cigarette dans une boîte sur le tableau de bord et l'alluma. « S'il vous plaît, dit-il. J'aimerais vous inviter à la maison pour dîner. C'est presque l'heure de la *siesta*, et ma femme aura préparé quelque chose. » Il regarda Mel. « D'accord ? »

Mel dit : « Oui, pourquoi pas. » Elle se tourna vers Hank et cligna ses yeux de braque. Hank considéra son jean sale, ses tennis usées jusqu'à la corde. Ce dont il avait besoin, c'était d'une douche. Mais un repas de famille ? Pourquoi pas.

Ils passèrent devant des motels et des restaurants au nord, puis l'Allemand tourna à gauche après un parc ombragé et bien entretenu, s'engageant sur une rue tranquille bordée de gigantesques eucalyptus. Les demeures étaient à deux étages, certaines délimitées par des enceintes en fer forgé qui longeaient le trottoir ; à l'extrémité du pâté de maisons se dressait un grand mur blanchi à la chaux couronné de bougainvillées foisonnantes. L'Allemand s'immobilisa devant le mur, à hauteur d'un portail en bois. Il klaxonna, et quelques instants plus tard un homme ratatiné, qui tenait un râteau à la main, ouvrit les portes. Deux petites filles en robe blanche à fanfreluches sortirent de la maison et s'élancèrent dans l'allée. « Popi ! criaient-elles en sautant et en agitant leurs minuscules mains marron. Popi ! Popi ! »

Dans l'entrée, ils rencontrèrent Guadalupe, la femme de l'Allemand. Petite et mince, les traits sombres et marqués des Indiens du Mexique, elle semblait à peine sortie de l'adolescence, pensa Hank. Son teint avait la couleur d'une peau de chamois mouillée, ses yeux étaient noirs et rêveurs, et, quand elle serra la main de Hank, elle s'inclina en lui jetant un regard furtif et timide. Le vieil homme du portail apparut. L'Allemand vociféra des ordres, et l'homme se dépêcha de monter leurs sacs à dos à l'étage. Dans l'embrasure d'une porte, un bébé dans les bras, se tenait une femme forte habillée comme une bonne, mais qui aurait facilement pu être la mère de Guadalupe.

Ils se douchèrent. Guadalupe leur apporta des vêtements propres – l'une de ses robes d'été pour Mel, et pour Hank une chemise *guayabera* et un pantalon blanc trop serré. La bonne prit leurs vêtements sales et leurs sacs à dos avant de disparaître en bas. Le problème, du moins pour Hank, c'était qu'il n'y avait qu'une seule chambre, avec salle d'eau attenante. Apparemment, Guadalupe pensait la même chose que l'Allemand, à savoir que Mel et lui étaient mariés, ou du moins en couple, ou que les Américains étaient dénués de pudeur, mais il se pouvait aussi qu'il n'y eût pas d'autre chambre disponible. De toute façon, cela ne semblait pas gêner Mel. Elle se déshabilla devant Hank et se dirigea vers la douche. Il ne savait pas ce qui l'étonnait le plus, la rapidité et la facilité avec lesquelles elle s'était débarrassée de ses vêtements, ou à quel point son corps était différent de ce qu'il avait imaginé : au lieu d'une silhouette replète de nounours, ou de rondeurs indésirables cachées sous des vêtements amples, ses courbes étaient celles d'une femme énergique et en pleine santé.

Le dîner était composé d'un *huachinango al molo de ajo* – perche de mer au beurre d'ail. Hank n'en avait jamais goûté d'aussi délicieux. L'Allemand tint à préciser que c'était Guadalupe et non la bonne qui l'avait préparé. Il cessa de manger après trois bouchées, attrapa sa femme par le poignet, l'obligea à se lever, la fit pivoter, caressa sa longue chevelure noire et gloussa à l'intention de Hank, l'exhibant comme quelque voiture exotique de sa collection. Elle rougit, se rassit, rougit à nouveau, et Hank dut détourner le regard : il ne savait pas s'il se sentait plus gêné pour elle ou pour lui-même, en tant qu'invité de l'Allemand. Elle mangea du bout des lèvres tandis que l'Allemand se plaignit de la politique mexicaine – le *Partido Revolucionario Institucional*, l'ex-président Salinas, les *guerrilleros* d'Oaxaca, la *Policia Judicial Federal* corrompue –, après quoi et presque dans le même souffle il proclama son amour pour le Mexique. Prenez les autoroutes mexicaines, par exemple ; naturellement, elles étaient dangereuses, mais quel intérêt sinon ? Au Mexique, l'autoroute était encore la frontière, le Far West, et l'Allemand avait la dégaine la plus rapide – qui pouvait l'arrêter ? Il n'y avait pas une seule patrouille dans tout le pays capable de rattraper Mister Wunderbar ! Cependant, Guadalupe, qui ne comprenait pas l'anglais et qui devait présentement s'en féliciter, fit circuler en douceur bols et tasses autour de la table, puis s'excusa et quitta la pièce les bras chargés d'assiettes. Hank la regarda partir et écouta distraitement l'Allemand s'extasier sur sa fabuleuse voiture, souhaitant presque que Guadalupe fasse tomber quelque chose afin qu'il puisse se précipiter dans la cuisine pour l'aider.

Mel prit un cognac en dessert. L'Allemand termina son numéro sur les autoroutes mexicaines et commença à vanter les mérites de sa maison. Savaient-ils que le mobilier était importé d'Espagne ? Et le marbre des escaliers venait d'Italie. « Regardez par ici, dit-il en faisant un large geste de la main. Toutes les fenêtres de la façade sont fabriquées aux États-Unis, c'est blindé, vous savez. » Mel avala une gorgée de cognac. L'Allemand poursuivit avec le carrelage de la salle de bains, le bois de la véranda à l'arrière de la maison, les pierres de l'allée. Finalement, Mel l'interrompit.

« Comment vous arrivez à payer tout ça ? dit-elle. Je veux dire, vous faites quoi dans la vie ? »

Mel le reporter, Mel visant la jugulaire, pensa Hank. Mais l'Allemand sourit, imperturbable.

« Je fais des affaires, dit-il. J'achète et je vends des choses. » Il se lissa un sourcil. « Des matières premières.

– Quoi ? dit Mel. Du café ? Des haricots ? »

L'Allemand plia sa serviette et la posa sur la table. Il observa Mel pendant une seconde, puis cria à Guadalupe d'apporter un autre cognac. Il se tourna vers Hank.

« S'il vous plaît, je serais heureux de vous accueillir pour la nuit. Demain matin, je dois aller au nord. Si vous souhaitez m'accompagner, vous êtes les bienvenus.

– Où ça au nord ? dit Hank.

– Je traverse les montagnes jusqu'à Durango, puis Chihuahua et la frontière. » Il regarda Mel. « Et alors vous pourrez voir ce que je fais, comme vous dites, de vos propres yeux. »

Guadalupe arriva de la cuisine avec une autre bouteille de cognac. Les jumelles la suivaient en courant. Elles sourirent à Mel et, lorsque celle-ci leur sourit à son tour, elles se mirent toutes deux à pépier en espagnol, chacune de part et d'autre de sa chaise.

Hank dit : « C'est très aimable à vous. » Mel lui lança un regard. Il dit : « Mais je crois qu'on va remonter la côte et prendre le ferry jusqu'à Baja. »

« Entendu », dit l'Allemand. Il servit une autre tournée. Mel souleva l'une des jumelles et la posa sur ses genoux, et dut immédiatement prendre l'autre, qui s'était mise à pleurer. L'Allemand s'adressa à Guadalupe en espagnol, puis se tourna vers Mel. « Je dois me reposer. Ma femme vous montrera la propriété. Il y a une piscine si vous voulez vous baigner, et un court de tennis. » Il se leva brusquement, sourit dans le vide et sortit. Guadalupe rougit.

Mel dormit tout l'après-midi. Hank nagea dans la piscine en mosaïque espagnole, mais le bassin en forme de foie était trop petit pour faire des longueurs. Il servit quelques aces sur le court de tennis, puis changea de côté et servit dans l'autre sens. Il s'entraîna à parler espagnol dans la cuisine avec la bonne et apprit qu'elle était la mère de Guadalupe, puis il marcha jusqu'à la *plaza* dans le centre de Tepic, où il rencontra une jolie jeune fille mexicaine accompagnée de ses deux sœurs qui gloussaient. Elles cherchaient un chaperon afin d'aller dans un bar. Lorsqu'il rentra, il était près de minuit, et tout le monde sauf Mel était déjà couché. Elle était assise dans la chambre sur une chaise, en train d'écrire dans son journal.

« T'es soûl », dit-elle sans lever les yeux.

Il n'y avait qu'un lit à deux places dans la pièce. Hank s'y assit.

Mel dit : « Au moins, tu n'as pas la gueule de bois. »

Les sandales que Guadalupe lui avait prêtées avaient entaillé ses chevilles. Il défit les lanières. « C'est pour ça que tu ne dors pas ? dit-il. Tu te sens mal ? »

Elle haussa les épaules, lui fit un minuscule sourire, un sourire de souris, puis ôta de sa nuque un gant de toilette mouillé qu'elle laissa tomber par terre. Alors, elle fit une chose étrange : elle referma son cahier et s'approcha de lui. Elle enleva ses sandales, souleva ses pieds fatigués et les posa sur le lit, le fit basculer doucement en arrière et arrangea l'oreiller sous sa tête. Elle lui massa les épaules et les bras, puis souleva sa chemise et glissa ses mains sur sa poitrine.

Elle se redressa, se mordit la lèvre, et dit : « Il fait quoi, selon toi ?

– Qui ? L'Allemand ? »

Elle dit : « Tu sais quoi ? Je crois que c'est un espion. »

Tant pis pour le massage, pensa Hank. Ou pour ce qui aurait pu s'ensuivre. Il dit : « Un espion ? Non... plutôt un trafiquant de drogue. Mais t'as peut-être raison, et s'il travaille pour la CIA il est à la fois trafiquant de drogue *et* espion.

– Non, sérieusement. Je suis allée en cachette dans son repaire. Les murs sont couverts de cartes. Et tous les placards et les tiroirs étaient fermés à clé.

– Des cartes ? Je ne vois pas pourquoi ça fait de lui un espion.

– Je ne sais pas, moi, mais tu peux me dire pourquoi quelqu'un qui s'occupe de matières premières aurait une salle d'état-major dans sa maison ? Il y a une énorme carte du Mexique sur un mur, avec des punaises multicolores sur certaines villes. Je parie qu'elles désignent les endroits où il va en mission. Tu vois, il habite ici et il sillonne le Mexique pour faire son truc. Ou peut-être que c'est un assassin, il fait disparaître quelqu'un à Mexico ou à Guadalajara, puis il rentre ici, retrouve sa maison confortable et sa femme innocente et personne n'en sait rien. »

Tu rigoles, Hank avait envie de dire. Mais elle ne rigolait pas, et il garda le silence. Autant jouer le jeu, pensa-t-il, quitte à ajouter sa propre touche de fantaisie.

« Moi, je crois que c'est un trafiquant de coke de base, il doit y avoir cinquante kilos dans le coffre de Mister Wunderbar. Il va chercher une cargaison à Guadalajara, il passe la nuit chez lui, puis il taille la route jusqu'à la frontière le lendemain.

– Mais pourquoi il nous inviterait à venir avec lui ?

– Pourquoi pas ? Si la police l'arrête, il n'a pas le profil : trois personnes dans la voiture, deux avec des visas de touriste, dont une femme. »

Mel réfléchit. Elle avait l'habitude de se mordre la lèvre. « Non... il n'est pas assez louche pour la came. Il n'a pas de Rolex incrustée de diamants, pas de bagues, pas de chaînes. Et ce costume... t'as déjà vu un dealer habillé comme ça ? »

Elle saisit son journal, trouva son stylo et s'avança jusqu'à la chaise, puis s'assit et commença à écrire. Hank desserra sa ceinture et s'appuya contre la tête de lit pour mieux l'observer. Assise genoux serrés, pieds écartés, elle était penchée sur son journal posé sur ses cuisses. Sa main flottait à travers la page et d'un bond revenait à la marge pour flotter à nouveau. Le reste de son corps demeurait étrangement immobile ; elle ne semblait même pas respirer, comme si le mouvement de sa main l'avait hypnotisée. Hank se sentait lourd. Il s'enfonçait de plus en plus profondément dans le lit. Finalement, Mel refit surface et le regarda, ou plutôt son regard le traversa.

« Tu te rappelles toutes les fois où j'ai su quelle voiture s'arrêterait ? » Elle cogna doucement son stylo contre son menton. « La plupart du temps, c'étaient des suppositions éclairées, un certain type de voiture au bon moment, un conducteur solitaire. Mais pas avec la Mercedes. Je savais que cette voiture s'arrêterait. J'en étais sûre, même avant qu'elle arrive au fond du canyon. » Elle marqua une pause, puis poursuivit : « Il a l'aura la plus étrange que j'aie jamais vue. Très près de son corps et d'un rouge profond, comme un coucher de soleil d'automne.

– Quoi ?

– Pas comme la tienne. La tienne est douce, spacieuse, lumineuse... je pourrais me perdre dans ton aura. » Elle mordilla son stylo. « Il va lui arriver quelque chose, à l'Allemand. Quelque chose d'important. Et j'ai la sensation bizarre d'y être mêlée, comme s'il y avait une connexion entre nous... genre comme si j'étais appelée à découvrir qui il est et ce qu'il fait... comme s'il était un personnage dans une nouvelle que j'allais écrire. » Elle leva les yeux. « Ça a du sens, ce que je dis ?

– Pas du tout », dit Hank, un peu trop rapidement : cela avait du sens parce que c'était typique de

Mel de se convaincre qu'elle en savait plus qu'elle ne savait réellement, ou d'être à la recherche d'une sensation forte. Un espion ? Un trafiquant ? L'Allemand était sans doute ce qu'il prétendait être, un marchand de fayots. Juste un autre gringo qui, n'ayant pas réussi chez lui, s'était tiré au Mexique et avait acheté la voiture de ses rêves et sa femme-enfant et tout ce qu'il lui fallait pour se convaincre qu'il avait réussi. Pas un mauvais bougre, à vrai dire. Seul parce que c'est un pauvre type. Généreux envers des inconnus... des Blancs comme lui. Des draps propres sur le lit...

Mel alla jusqu'au bureau et s'assit en tournant le dos à la pièce, une lampe Tensor baissée sur son journal.

Le bruit de petits animaux traversant sa tête au galop réveilla Hank. Puis il entendit les jumelles qui criaient dans le couloir.

Aucune trace de Mel.

Le lit était toujours fait. Il portait toujours la chemise *guayabera* et le pantalon blanc. Mais c'était certainement le matin, et tard dans la matinée à en juger par la lumière qui filtrait par la fenêtre. Il chercha sa montre à tâtons. Puis il vit le message, une feuille arrachée du cahier de Mel.

Il prit le car de 13 heures. Ne songeant même pas à faire du stop, il marcha directement à la gare routière et s'acheta un billet pour Mazatlan. Les jumelles lui dirent adieu du jardin devant la maison en faisant de grands signes de la main, Guadalupe lui prépara un petit déjeuner qu'il fut incapable de manger, et sa mère, la bonne, déposa dans la chambre son sac à dos et ses vêtements repassés et pliés. Voilà, en ordre inversé, comment s'était passée sa matinée. À présent, à bord de l'énorme *Tres Estrellas de Oro*, car express à impériale, traversant paisiblement les plaines à deux heures au nord de Tepic, il ressortit le mot de Mel et le relut :

Hopalong...

J'ai décidé que tu avais raison... l'Allemand travaille dans la dope. Mais je ne sais pas jusqu'à quel point. Pas comme trafiquant. Plutôt comme intermédiaire qui organise les cargaisons et les pots-de-vin, ce genre de trucs. En tout cas, j'imagine que je le saurai bientôt, n'est-ce pas ? Souhaite-moi bonne chance.

Love,
Mel

Et c'était tout. Pas d'adresse, pas de numéro de téléphone, aucun moyen de la retrouver. Hier à Guadalajara, elle avait dit qu'elle lui ferait la surprise un jour et débarquerait à Crested Butte pour prendre une leçon de ski – un jour, en hiver, elle serait là, avançant tant bien que mal sur la piste bleue, faisant la folle, rien que pour lui –, ce serait pas une sacrée surprise, ça ? Si, lui avait-il dit, la surprise des surprises. « Ouais, dit-il. Tu parles d'une surprise », puis il se rendit compte qu'il était dans un car en train de s'adresser à la vitre.

La femme assise à côté de lui, une grosse en robe hawaïenne, dit : « Pardon ? »

Hank répondit que ce n'était rien, il ne faisait que réfléchir.

Il était entouré d'Américains, ce devait être une espèce de voyage organisé. Lorsqu'il était monté à bord du car à Tepic, la robe hawaïenne et ses amis l'avaient bombardé de questions sans discontinuer :

d'où venait-il, où allait-il, voyageait-il seul au Mexique ? Ils finirent par l'ignorer après qu'il eut dit qu'il était fatigué. Cependant, la robe hawaïenne semblait ravie qu'il ait brisé le silence. Elle se pencha en avant et regarda son sac à dos posé sur le sol entre eux. « Vous arrivez à camper dans ce pays arriéré ? »

Hank lui répondit par l'affirmative. Mazatlan, pensa-t-il ; plus que deux heures, et il serait à Mazatlan. De là, il pourrait prendre un avion pour les États-Unis.

La robe hawaïenne dit : « Je ne sais pas comment vous faites. J'ai failli craquer au Holiday Inn de Guadalajara. Savez-vous qu'il a fallu trois heures pour qu'on me serve dans ma chambre ? J'ai demandé un sandwich au jambon et ils m'ont apporté du savon. Vous imaginez ? »

Hank dit qu'il pouvait tout à fait l'imaginer.

« Puis Aeromexico a perdu nos réservations, donc on doit prendre le car jusqu'à Mazatlan. J'ai dit à ma sœur Irene... c'est elle là-bas avec les lunettes de soleil roses... j'ai dit : Pas question. Je ne monte pas à bord d'un car mexicain, pas avec tous ces accidents horribles dont on entend parler. »

Le car ralentit, puis s'immobilisa. Il se remit en route, puis s'arrêta derechef. Ils se trouvaient sur l'autoroute, mais avançaient difficilement au bout d'une longue file de véhicules. Ils finirent par arriver à la hauteur de l'accident. Hank vit d'abord le camion renversé, sa cargaison partiellement éparpillée en travers de l'autoroute. Il se leva, l'estomac dans les chaussettes. Il était sûr qu'un autre véhicule était impliqué, et, bizarrement, sûr aussi qu'il s'agissait de la grosse Mercedes. Puis il vit la voiture, ou plutôt ce qu'il en restait, au pied du talus et à moitié cachée dans les buissons. Elle était jaune. Il s'agissait d'un taxi, un vieux taxi jaune.

La robe hawaïenne dit : « Vous voyez ce que je veux dire ? Tous les vingt mètres, il y a un accident ! "*Mañana*, disent-ils. Descendez dans le Sud et détendez-vous, profitez du rythme tranquille du Mexique." Une bande de fous du volant, si vous voulez mon avis. »

Le car changea de vitesse, dépassa l'accident et accéléra. Hank s'excusa et avança dans le couloir. Il avait mal au cœur. Il s'enferma dans les toilettes, mais ne put vomir. Pourquoi avait-il été si sûr de voir les restes de la Mercedes ? Bon sang, pourquoi Mel était-elle partie avec l'Allemand ? Et bon sang, quelle importance ? Qui était-elle d'abord ? Dieu sait qu'elle n'était pas son type. Nerveuse, bourrue, des yeux qui vous transperçaient, vraiment trop petite – à Dallas où il avait grandi, il avait fait du sport depuis l'école primaire, c'était lui, la star de football américain du coin. Pratiquement tous les mois, une nouvelle pom-pom girl téléphonait à la maison, et ce fut ainsi jusqu'à ce qu'il arrête ses études à la fac pour devenir un vagabond des pistes. Et même là il y avait de nombreuses femmes, grandes et élégantes, des aventures d'un week-end pour la plupart, quoique certaines proposaient plus. Son père était mort trop tôt pour que Hank en ait le moindre souvenir, et peut-être était-ce à cause de sa sœur aînée et de sa mère – toutes deux grandes et belles et qui l'avaient presque étouffé avec leur amour protecteur – qu'il n'avait jamais trouvé une fille, et qu'il y en avait eu tant. Et à présent il était en train de courir après Mel, Mel la mystérieuse, l'insaisissable – Mel qui s'était volatilisée.

Il saisit la poignée, mais la porte ne s'ouvrit pas. Il tourna la serrure, d'abord dans un sens, puis dans l'autre, pour finir par l'entendre se briser net. Formidable. Il était enfermé dans ces toilettes minuscules et nauséabondes. Il s'appuya contre la cloison et se prit la tête entre les mains, il avait la migraine et il savait qu'elle allait bientôt empirer – dans une minute il serait obligé d'ouvrir la porte d'un coup de pied et de faire face au chauffeur auxiliaire ou au chauffeur lui-même ou à quiconque lui chercherait noise. Après tout, pourquoi se trouvait-il à bord de cette saleté de car ? Il détestait les cars. Il détestait tous les transports publics, et c'est pour cette raison précise qu'il avait choisi de traverser le Mexique en stop – pour s'épargner les voyages organisés, les pièges à touristes, les vacanciers geignards. Mais à présent il se demandait s'il y avait la moindre différence entre la robe hawaïenne et lui-même. En stop ou en car, chacun roulait sur l'autoroute et l'autoroute n'était pas le Mexique ; à trois mètres de part et d'autre du bitume, le Mexique n'allait nulle part, ne disait rien, et ignorait les fous passant à toute allure.

Le car ralentit. Encore un accident, pensa Hank. Il s'appuya contre la porte, se pencha en arrière, puis lui assena un grand coup d'épaule. Elle s'ouvrit doucement, et Hank remonta le couloir. Le car venait de pénétrer dans une petite ville, un village qui s'étendait sur moins de cent mètres – une vieille église rose, quarante ou cinquante maisons en argile, un restaurant au toit de tôle ondulée, avec une terrasse en bord de route. Mais il y avait des *topes* – des dos-d'âne en béton –, et le car à leur approche s'immobilisait presque entièrement. Hank dépassa la robe hawaïenne et continua jusqu'à l'avant ; là, il vit, garée dans un coin d'une station-service, capot ouvert et une meute d'enfants déguenillés appuyés contre son aile, la grosse Mercedes gris métallisé.

Aucune trace de l'Allemand, ni à la pompe ni dans le garage. Aucun signe de Mel non plus. Hank se tourna et s'élança dans le couloir. La robe hawaïenne écarquilla les yeux en le voyant saisir le sac à ses pieds. Le temps qu'il regagne l'avant, le car accélérait vers le nord de la ville après avoir franchi le dernier *tope*. Et Hank la vit, sur le bas-côté près d'un croisement, debout, son sac à dos à ses pieds – elle ne levait pas le pouce, elle n'avançait pas les hanches, elle se tenait simplement là à regarder la circulation. Hank dit au chauffeur de s'arrêter.

« Hopalong ! dit Mel en le voyant descendre. Je savais que c'était toi ! »

La porte chuinta en se refermant. Le car soupira, puis dans un vrombissement d'avion repartit sur l'autoroute. Hank attendit qu'il disparaisse dans un virage, puis demanda des nouvelles de l'Allemand.

Elle haussa les épaules. « Il rentre chez lui. »

Hank dit qu'il avait vu la voiture à la station-service. Avec le capot ouvert.

Mel sourit, mutine. Elle fouilla dans son sac et en ressortit une tête de Delco. « Mais bien sûr qu'elle est à la station-service ! L'Allemand est allé aux toilettes pour hommes et je suis allée aux toilettes pour femmes et quelqu'un est allé voir sous le capot – sauf que je ne suis pas allée aux toilettes. Lui, il pense que des gosses ont volé ça. C'est bizarre, la moitié des gens là-bas m'ont vue le faire, mais personne n'a pipé. Tu sais ce qu'il a fait, ce connard ? On est à peine à trente kilomètres de Tepic qu'il commence à me draguer, à me dire que sa femme est un mauvais coup, des conneries dans le genre. Très vite, il me propose de l'argent, comme si j'étais une pute. Puis ça dégénère au point qu'il se touche, il transpire, il devient carrément lourd et je commence à avoir peur, jusqu'à ce qu'on arrive à la station-service, où il court jusqu'aux toilettes. Génial, je me dis, le héros de ma nouvelle s'avère être un cinglé qui est deux fois plus grand que moi et qui n'est pas près de me laisser partir. Mais je sais qu'il aime sa voiture encore plus que les femmes. Donc, quand il sort et qu'il comprend ce qui est arrivé à Mister Wunderbar, il est tellement bouleversé qu'il en a le souffle coupé. Il finit par se calmer et me dit qu'il a des pièces de rechange dans le coffre, sauf la tête de Delco – qui est chez lui dans son garage avec tous les écrous et boulons jamais fabriqués par Mercedes. Il me dit : "Surveille la voiture, je serai de retour avant le coucher du soleil !" C'était il y a, oh ! une heure et demie environ. » Elle plissa les yeux dans la lumière du soleil de l'après-midi, puis regarda Hank. « Je savais que tu allais arriver, donc je t'ai attendu. »

Hank dit : « L'Allemand est rentré chez lui ? »

Mel hocha la tête. Elle sourit.

Il dit : « Comment il a fait sans voiture ? »

Mel grimaça. « Ce con. Tu sais ce qu'il a fait ? Un car passe ici toutes les dix minutes au moins. Première classe, seconde classe, un truc comme ça, ils s'arrêtent tous si tu leur fais signe. Mais non, il ne peut pas prendre le car, pas lui, les cars sont trop dangereux, et de toute façon, ils sont conduits par des paysans qui n'ont pas la relation adéquate à la mécanique. Donc, tu sais ce qu'il fait ? Ça lui prend vingt minutes, mais il finit par trouver le seul taxi de cette ville, un vieux taxi délabré, qu'il insiste pour conduire lui-même. Il a mis le chauffeur sur la banquette arrière. T'imagines ? »

Hank dit qu'il pouvait tout à fait l'imaginer.

La Vieille Centrale

Il y a le mur, puis les collines accidentées tout autour, et, au-delà du mur et des collines, la voûte pure et blanche du ciel, si pure que vous pouvez presque la toucher, plus lisse que vous ne pouvez l'imaginer, et d'une chaleur soyeuse. L'horizon dentelé des collines rejoint cette voûte, de telle sorte que tout ce qui se trouve au-dessus de votre tête ressemble à l'intérieur d'une coquille d'œuf brisée en deux, et, si vous basculez votre tête vers l'arrière en regardant le soleil, bien haut, bien droit, plissant vos yeux qui vous piquent à cause de la sueur, vous commencez à flotter, puis une vague de chaleur vous soulève et vous vous élevez au-dessus du mur et des collines, de plus en plus haut.

Appuyé sur sa pelle, le visage tourné vers le ciel, Alex fait craquer ses cervicales, et, à cet instant précis, entend Crummage, ce porc, crier de l'autre côté du champ : « Pitts, espèce d'imbécile ! » Il parle sans discontinuer tandis qu'Alex sort son mouchoir de sa poche et se tamponne le visage, essuyant la sueur et – comme s'il n'était pas lui, comme s'il vivait la vie d'autrui – ce qui aurait pu être des larmes sur ses joues. Il ouvre les yeux et voit ce qu'il voit toujours.

Il y a des années de cela, ils ont fait construire le mur par des détenus, qui avaient taillé chaque pierre dans la roche derrière la prison ; ce qui était à l'époque un pic rocailleux couvert de sauges et de pins est à présent une cicatrice de cent cinquante mètres de haut, une falaise plongeant jusqu'aux clôtures voisines. Le reste a servi à la construction du mur – vingt mètres de haut, huit cents de long, et suffisamment large pour marcher dessus.

« Tu te dores la pilule, Pitts ? Tu te crois à la plage ? » Crummage traverse le fossé et s'approche d'Alex par-derrière, riant même s'il n'y a rien d'amusant. « Arrête tes conneries, mon gars. »

Le fossé fait partie d'un nouveau projet d'irrigation pour la ville. Pendant des années, la vieille écluse faisait passer l'eau d'ouest en est à travers l'enceinte de la prison. Ils veulent à présent un déversoir orienté vers le sud, qui, après la clinique et le couloir de la mort, passera sous le mur et traversera le parc à l'extérieur. Munis de pioches et de pelles, ils sont six détenus à le creuser, dix heures par jour, sept jours par semaine ; il leur reste cent mètres avant qu'ils fassent venir les bétonneuses. Alex sait pourquoi il fait partie de l'équipe – il est grand et fort et ils le croient suffisamment bête pour obéir.

« Si tu es malade, Pitts, va te chercher une dérogation à la clinique. » Crummage, avec un large sourire, désigne d'un geste un ensemble de bâtiments à cent mètres de là.

Alex a le choix. Il peut lâcher sa pelle et se diriger vers la clinique – des hommes ont déjà tourné de l'œil dans cette chaleur, et il y a constamment des procès contre l'État –, mais un passage à la clinique signifie deux jours d'immobilité, pas d'exercice, pas de promenade, et trop de questions de la part d'une infirmière méfiante, que votre sort – votre vie, votre mort – laisse parfaitement indifférente. Alex a cette possibilité, et une autre : il peut reprendre sa pelle, tourner le dos à Crummage et faire son boulot, creuser pour obtenir un minable repas et les quelques bribes de liberté qu'il se procure à grand-peine au cours d'une journée.

« Pitts, t'as un problème ? »

Alex lève les yeux. Crummage est contremaître dans l'équipe de jour, bientôt soixante ans et proche de la retraite. Il est épais et ridé comme un tronc d'arbre et, derrière des lunettes bon marché à monture d'acier qu'il n'enlève jamais, ses yeux ne sont que des trous minuscules. Sa bouche entrouverte est moqueuse.

« Parce que si t'as un problème, Pitts, on peut s'en occuper tous les deux. Toi et moi, fiston. »

Il se tient devant Alex, à quelques centimètres de lui, mains toujours sur les hanches, menton à présent relevé. Alex peut sentir son haleine. Le front du vieux est sec, pas la moindre trace de sueur, et c'est pourquoi Alex le déteste ; il pourrait le tuer d'un seul coup de poing, exploser sa tête blette avant que le garde dans son mirador ne puisse tirer. Crummage n'est pas armé. Il est gros et débraillé, et Alex en a vu des centaines comme lui, car il a grandi dans des orphelinats et des maisons de redressement, consumé par une haine des surveillants qu'il parvenait à peine à maîtriser. Il les haïssait autant qu'il avait haï son père, qui le corrigeait à coups de poing lorsqu'il était enfant, qui le punissait quand il pleurait, et plus tard, lorsque les larmes avaient séché à tout jamais, le punissait quand il parlait, quand il disait pardon, ou quoi que ce soit, jusqu'à ce qu'Alex cesse de parler ; et pendant tout ce temps il voulait tuer cet homme en silence, sans un mot : simplement le tuer et s'éloigner.

Crummage doit sentir quelque chose, puisqu'il baisse les mains et secoue la tête. Alex sait ce qu'il pense : qu'un homme qui ne peut pas parler est un imbécile ; qu'un homme qui garde le silence est forcément sourd et aveugle. Mais Crummage sait qu'Alex a des sentiments. Il le sait puisqu'il le provoque, il le pousse à bout et même un peu au-delà, presque suffisamment, avant de calmer le jeu en secouant la tête.

Alex plante la pelle dans le fossé, place son pied et l'enfonce jusqu'au manche. La terre est tantôt sablonneuse, tantôt humide et lourde. Il y a des pierres, des milliers de gros morceaux d'argile, et il est difficile de creuser avec régularité. Le soleil brûle sa nuque, cuit sa chemise trempée de sueur. Hier, il avait senti ses genoux fléchir, et aujourd'hui ce sont ses pieds – une douleur qu'il localise difficilement, diffuse dans les gros godillots de son uniforme. Mais son dos et ses épaules sont solides, et il peut compter sur ses bras ; ses bras lâcheront en dernier.

Il y a cent ans, ils ont acheté des terres dans ce patelin afin d'y construire une prison. C'est un centre pénitencier dans le style d'Alcatraz, aux bâtiments cellulaires sur plusieurs niveaux, entourés de larges murs de pierre, qui sont dominés par six miradors surmontés de vieux projecteurs. Tous les bâtiments ont été rénovés à plusieurs reprises ; récemment, à la suite d'un procès intenté par le gouvernement fédéral, ils ont construit une unité médicale moderne dans le mur sud. À présent, tous les vrais détenus sont partis. Il y a de nouvelles prisons éparpillées loin d'ici dans les plaines : constructions de plain-pied avec enceintes haute technologie, bâtiments préfabriqués et modulaires qui ressemblent à des bunkers le jour et à des vaisseaux spatiaux la nuit. Ils sont pleins de jeunes, des bandes de gamins des villes avec des coiffures de dingues, bouches déblatérant un verbiage qu'Alex ne supporte pas d'entendre. À présent, la Vieille Centrale est réservée aux malades et aux vieux, aux estropiés, aux hommes qui ne peuvent plus s'occuper d'eux-mêmes. Certains sont si âgés qu'ils ne devraient plus être en prison.

Mais il en reste quelques-uns du temps où la Vieille Centrale était la seule prison de l'État, des détenus qu'ils ont gardés sous la main pour le gros œuvre – Alex et Lincoln, Gomez et Lafayette, Stansky et Peters –, la bande de travailleurs maison. Peters est petit, mince mais résistant. Il a créé des ennuis dans tous les établissements par lesquels il est passé, et maintenant ils l'ont placé ici soit pour lui donner une dernière chance, soit pour se débarrasser de lui. Le visage de Peters est émacié et marqué par l'acné, il a de grands yeux de biche qu'il vaut mieux éviter, et il lui manque un morceau de son nez, entaille grossière dans la narine qui lui donne un air abîmé et bancal, pire encore qu'un strabisme. Alex le supporte, mais Peters se targue d'être un escroc ; il est rusé et rapide, et Alex se méfie de lui.

Crummage vient de regagner l'autre côté du fossé, et Alex l'observe tandis qu'il s'approche de Peters. Les autres sont là, Oscar Lincoln, Gomez et Lafayette, le grand Stansky, mais Crummage est un comique qui choisit soigneusement ses faire-valoir : Alex parce qu'il ne peut pas parler, et Peters parce qu'il lui rend dix-huit centimètres et qu'il pèse deux fois moins.

« Peters, quand tout ça sera terminé, que dirais-tu d'une petite partie de pêche, toi et moi ? » Crummage sourit, fait un clin d'œil dans le vide. « Juste là, dans le fossé que t'es en train de creuser, je parie qu'on y trouverait de belles petites truites. » Il glisse ses pouces dans sa ceinture et se tient devant Peters, qui est à moitié dans le fossé. Crummage n'a pas de cou ; sa mâchoire est proéminente et le sommet de sa tête part en pointe, comme si les parties vitales de son crâne s'étaient densifiées puis tassées tout en bas, près de sa bouche. « Tu aimes la truite, Peters ? Je parie que oui. » Il s'esclaffe. Son ventre tombant pend juste au-dessus de Peters, qui continue de creuser avec sa pelle. Crummage tourne abruptement la tête vers la droite. « Hé, Gomez, comment on dit "truite" en espagnol ? *Trucha*, hein, c'est ça ? Ouais, *trucha*. » Il se retourne vers Peters. « Peut-être que toi et moi, Peters, on pourrait se faire une *trucha* un de ces quatre. Ou disons, plutôt, toi, tu te la feras, la *trucha*, et moi, je te la fournirai. » Il rit bruyamment, puis reprend difficilement son souffle. « Peters, t'es un peu vieux pour moi, mais t'es pas mal. Surtout quand tu te penches en avant comme ça. »

Cela se passe vite, presque trop vite pour qu'Alex le voie. Peters lâche sa pelle, se jette sous le bide de Crummage et se cramponne ; son bras, son épaule et son torse tout entier s'enfoncent dans l'abdomen du contremaître. Soudain, Crummage tourne sur lui-même et titube, se ressaisit et titube à nouveau. Ses lunettes pendent à une de ses oreilles, et ses yeux minuscules sont devenus énormes et stupéfaits. Il se met à courir, se tenant le ventre en mugissant, et Alex voit le surveillant sortir du mirador avec un fusil. Peters, qui tient dans la main une lame gris terne à l'extrémité de laquelle brille le sang de Crummage, s'assied nonchalamment au bord du fossé, laisse tomber le couteau par terre et l'éloigne d'un coup de pied.

La sécurité arrive – plus de vingt chemises bleues débouchent du coin du bâtiment cellulaire le plus proche et accourent vers le champ. Crummage s'est effondré à quinze mètres du fossé, et le surveillant dans le mirador crie à Alex et aux autres de laisser tomber leurs pioches et leurs pelles et de garder leurs mains là où il peut les voir ; Peters demeure assis, coudes sur les genoux, tête baissée, parfaitement immobile. Ils le tueront, pense Alex – il passera le reste de sa vie au trou et là, ils le tueront à petit feu. C'est comme ça. Et ce sera ainsi à tout jamais.

Le ciel de l'après-midi, malgré un soupçon de bleu, est d'un blanc incandescent, et l'air cuit par le soleil est dur comme la céramique. Alex bascule sa tête en arrière jusqu'à ce que son visage soit presque à l'horizontale. Ainsi, il peut se détendre, évacuer tout cela, flotter pendant une minute dans un étrange équilibre, plissant ses yeux mouillés de sueur. Puis il se rend compte qu'il n'y a aucune fissure dans cette voûte ; rien ne vit dans ce ciel, même les oiseaux n'y voleraient pas.

Fleurs sauvages

Assise à l'arrière de la Jeep décapotée, Toni se pencha en avant et passa à ma mère une paire de lunettes de protection. « M'man, dit-elle, tenez. Ça protégera vos yeux de la poussière. »

Ma pauvre mère. Toni l'avait emmitouflée dans ma veste en laine, puis avait enveloppé ses jambes dans la couverture prévue pour notre pique-nique, mais elle avait oublié d'apporter une écharpe. À présent, les cheveux gris de ma mère se dressaient dans le vent comme un balai-brosse métallique. Toni lui cria à l'oreille : « M'man, vous ressemblez à Don King ! »

Ma mère n'avait aucune idée de qui était Don King, pensai-je, et, de toute façon, elle s'en moquait tant elle était inquiète, agrippée des deux mains à son siège, les yeux écarquillés derrière ses lunettes. Elle roulait en Jeep pour la première fois. C'était également la première fois qu'elle s'aventurait à l'ouest au-delà de Pittsburgh, et hier en arrivant elle avait eu du mal à respirer l'air raréfié des Rocheuses. Là, assise côté passager dans ma vieille Jeep décapotée, ce n'était pas l'air qui lui manquait. Elle aspira profondément et se tourna vers moi. « Jarrold, est-ce que le King Ranch est par ici ? C'est pas au Texas ? »

Nous arrivâmes au début des pistes. Toni désigna du doigt les pentes vertes, les téléphériques vides, le chantier qui bientôt deviendrait mon restaurant. Ce restaurant, ma tentative de mener une vie nouvelle, ou du moins une façon nouvelle de gagner ma vie, allait ouvrir – je l'espérais – l'hiver suivant, avant la première grosse chute de neige. Ma mère regarda longuement la structure squelettique en planches de bois, puis hocha la tête. Je connaissais cette façon subtile de pencher la tête, c'était sa façon de dire : « Oui... le restaurant. » Sa façon de désapprouver tout en tentant de ne pas me décevoir. Je suis venu ici il y a deux ans pour les sports d'hiver, et l'année dernière, après mon divorce et le départ de ma femme en Floride, j'ai vendu mes parts de Penn Chemical et suis venu m'installer pour de bon dans cette ville endormie du Colorado. Je possédais désormais une maison victorienne à deux étages dans une rue tranquille derrière l'église, à côté d'une cabane rustique habitée par une sémillante blonde – ma voisine Toni, skieuse invétérée, alpiniste avertie, et la première femme à s'élancer en Deltaplane depuis le sommet de Mount Crested Butte. Flowers était son nom de famille, et, présentement, cette vive et parfois loquace Mme Flowers était en train de raconter à ma mère comment elle m'avait convaincu de l'engager comme gérante, maître d'hôtel, créatrice de la carte, serveuse et chargée du vestiaire de mon futur restaurant de piste.

Ma mère, son visage rond enserré par les lunettes et malmené par le vent violent, ne fit aucun commentaire. Toni sourit faiblement et se pencha afin de resserrer la ceinture de sécurité de ma mère. Nous avions atteint la fin de la grande route et nous trouvions à présent sur le chemin de terre qui nous mènerait sur les hauteurs des Elk Mountains après la ville fantôme de Gothic, jusqu'à Emerald Lake et au col de Schofield en lisière de forêt. Au-delà de Schofield, le sentier se muait en chemin escarpé et rocailleux, une étroite corniche à flanc de falaise qui descend jusqu'à la ville de Marble, dans Crystal Valley. Là, on franchirait facilement le col de McClure et on atteindrait Kebler, avant de rentrer chez nous, à Crested Butte. Cette escapade d'un jour, ce périple court mais spectaculaire à travers les montagnes du Colorado, était une idée de Toni. Une semaine auparavant, en envoyant à Philadelphie le billet d'avion, j'avais dit à Toni que je n'avais pas la moindre idée de ce que j'allais faire pour distraire ma mère – Crested Butte est une ville de plein air, et ma mère une femme d'intérieur. « C'est simple, m'avait dit Toni. Montre-lui ce dont elle se prive depuis tout ce temps. Emmène-la où les gens des pays plats ne vont jamais. »

Je conduisais lentement. Pendant notre ascension, nous traversâmes des prairies couvertes de fleurs sauvages, de denses étendues de trembles aux feuillages plumeux, de sombres tunnels d'épicéas. Près de Gothic, ma mère sembla se détendre un peu, mais elle continua de tenir son siège, jetant des coups d'œil rapides vers la forêt dès qu'elle se sentait suffisamment en confiance pour quitter la route des yeux sans risque. Nous prîmes une série de virages en épingle à cheveux ; la Jeep franchissait des rochers qui faisaient la moitié de sa taille ; lorsque les roues se bloquaient, la tête de ma mère se penchait en avant puis revenait d'un coup en arrière comme si elle était montée sur un ressort. J'espérais qu'elle ne serait pas malade. C'était trop pour elle, pensai-je. Comment avais-je pu emmener ma mère de soixante-quinze ans, rondouillarde et sédentaire comme elle l'était, dans cet endroit sauvage habité par des pumas, des bouquetins et leurs sots homologues humains ? Pourquoi n'avais-je pas alimenté le feu dans la cheminée et ne lui avais-je pas acheté un tas de livres qu'elle aurait pu lire pendant le week-end ? Pourquoi avais-je suivi les conseils bavards de l'aventureuse Toni Flowers ?

Mais à Emerald Lake, lac lisse comme un miroir, digne d'une carte postale, situé au sommet d'un col des Elk Mountains, une chose étrange se produisit. Nous avions étendu la couverture sur les pierres de la rive, près d'un rocher plat qui nous servit de table de pique-nique. Ma mère grignota son sandwich, et, à ma grande surprise, elle vida plutôt vite le verre de vin rouge que Toni lui avait servi. Ma mère ne boit pas. Elle buvait à la rigueur quelques gorgées d'un Manhattan au restaurant ou dans une soirée, mais j'ai toujours pensé qu'elle le faisait par égard pour mon père, afin qu'il ne soit pas gêné devant ses amis gros buveurs du club de loisirs et leurs femmes. Au niveau de la mer, un verre de vin, ou même un Manhattan, aura peu d'effet. Mais, à trois mille trois cents mètres d'altitude, une goutte d'alcool peut monter à la tête de façon étonnante. Toni avait pris l'appareil photo de ma mère et avait grimpé cent mètres plus haut sur la montagne, et ma mère, qui entamait son second verre, s'était perchée sur une souche au bord du lac. Je l'ai vue se balancer doucement et, lorsqu'elle leva les yeux pour regarder un faucon planant au-dessus d'une crête enneigée, elle se pencha nettement à gauche, comme si elle pensait elle aussi s'élancer, s'élever dans le ciel infini de la vallée que nous surplombions.

Comme je m'approchai, elle soupira. « Oh ! Jarrold, c'est *vraiment* un *très beau* pays », dit-elle. Elle semblait flotter au-dessus de la souche. « Je n'avais pas idée ! »

Ma mère n'avait pas l'habitude de s'exprimer ainsi. C'est une femme réservée, souvent considérée comme timide, à qui il n'arrive que rarement de donner son opinion ou d'exprimer ses sentiments. Je ne l'ai jamais vue s'abandonner.

« J'aime bien Toni, dit-elle. J'aime bien sa façon de m'appeler m'man. » Elle sourit. Si un sourire pouvait être un clin d'œil, ma mère venait juste de m'en faire un.

« Toni est une amie, dis-je. Elle me donne un coup de main avec le restaurant. »

J'observai le visage de ma mère, les nuées de taches de rousseur qui avaient grossi et s'étaient mêlées avec l'âge, les yeux – jadis bleus – gris à présent comme ses cheveux, mais toujours vifs, toujours prêts à briller. Je ressentis l'envie irrésistible de parler d'autre chose, mais n'arrivai pas à trouver de sujet adéquat. Il m'est déjà arrivé de me retrouver dans ce genre de situation difficile avec mes parents – de me sentir parfois étranger à eux, ou vice versa. Je cherchai péniblement une question, puis tombai sur celle que je n'avais pas eu l'intention de poser.

« Comment va papa ? » dis-je.

Ma mère chassa de la main une mouche invisible. « Oh, tu sais. Pareil. Il pense toujours que tu as gâché ta vie. Il ne comprend pas que le vice-président de Penn Chemical ait pu décider de devenir cuistot au milieu de nulle part. »

Ah, oui – le restaurant, le pieu que j'avais planté au cœur des espoirs de mon père. J'avais été la moitié de ma vie numéro deux à Penn Chemical, le numéro un étant R. Harold Wells, mon père. Lorsque je remis ma démission l'an dernier, lui disant que cela ne valait pas les ulcères, les insomnies et les notes mensuelles d'alcool, il quitta mon bureau d'un pas pesant et ne répondit plus à mes coups de fil. Depuis, je lui ai parlé deux ou trois fois au téléphone, mais j'évite soigneusement d'évoquer mon départ, ou ma nouvelle vie dans le Colorado.

Ma mère se leva, épousseta son pantalon et regarda la souche. « Belle souche », dit-elle, comme si elle s'adressait avec affection à un animal domestique. Puis elle me fit son drôle de sourire. « Je m'occuperai de ton père, dit-elle. Toi, occupe-toi de ce joli restaurant. »

Ces jolies planches ? Elle est soûle, pensai-je. Mais ses yeux étaient alertes, clairs comme l'air pur des montagnes. Était-il possible qu'elle approuve ma décision ? me demandai-je. Serait-elle en désaccord avec l'infaillible Harry Wells ?

Ma mère vida son vin par terre, puis, verre à la main, embrassa d'un geste le ciel, la montagne et le lac. « C'est un endroit *extraordinaire*, dit-elle. Absolument *phénoménal* ! »

Toni nous rejoignit et, tandis que je rangeais les affaires du pique-nique dans la Jeep, elle partit à pied vers le sud, le long de la rive rocailleuse, avec ma mère. De loin, elles avaient l'air de deux écolières, Toni enlaçant les épaules de ma mère, sa longue queue-de-cheval blonde se balançant derrière sa parka bleue. Ma mère regarda Toni faire des ricochets avec des cailloux jusqu'au milieu du lac, puis elles rebroussèrent chemin, s'arrêtant de temps à autre pour regarder de près parmi les pierres, ou pour pointer la montagne du doigt, ou pour me faire des signes de la main en riant. Je les regardai longtemps. Lorsque vous rencontrez Toni pour la première fois, soit elle vous laisse immédiatement derrière elle, soit elle calque ses pas pour toujours sur les vôtres ; soit elle vous aime, soit elle vous ignore avec férocité. Toni ressemble aux Rocheuses : rien n'est arrondi chez elle ; c'est une contrée où toute décision est tranchée. Hier, lorsque je lui ai proposé de venir à l'aéroport accueillir ma mère, je me demandais comment la rencontre se passerait. Ma mère a dû paniquer lorsque Toni, qu'elle ne connaissait ni d'Ève ni d'Adam, la prit dans ses bras, l'embrassa et la porta presque jusqu'au parking, avec des « m'man » par-ci et des « m'man » par-là. Sur le chemin du retour ma mère se tint silencieusement sur le siège passager de la voiture de Toni, hochant la tête poliment, les yeux légèrement exorbités, le souffle court, se demandant, pensai-je, où j'avais trouvé cette dynamite blonde et comment nous allions nous en accommoder. À la maison, ma mère dit qu'elle ne se sentait pas bien. Toni partit en nous rappelant d'être prêts tôt le lendemain pour notre sortie en Jeep. Ma mère erra de pièce en pièce et finit par se coucher, perdue me semblait-il, désorientée dans ce monde inconnu à l'air difficilement respirable dans lequel je l'avais fait venir.

À présent, à Emerald Lake, ma mère semblait s'être remarquablement remise. Elle était éclatante de vigueur, marchant à la même allure que Toni. Comme elles s'approchaient, je les entendis glousser. Elles me regardèrent et gloussèrent de plus belle, et à un moment donné ma mère dut lui révéler un vieux secret de mon passé, car Toni se plia presque en deux de rire, pointant un doigt dans ma direction en disant : « Lui ? Vraiment ? » Les femmes ont une façon délicieuse d'être complices, de se trouver un lien commun et de partager leur vitalité ; ensemble, elles peuvent créer à partir de rien quelque chose d'aussi inattendu que substantiel. Même des femmes singulièrement différentes telles qu'Elizabeth Wells et Toni Flowers. Près du toit du monde, pensai-je, deux femmes d'âge et de tempérament opposés m'adressaient des sourires moqueurs qui dépassaient de loin mon entendement. Ainsi ma mère qui n'était pas ma mère, enivrée par le vin et l'air raréfié, faisait la folle avec ma voisine Toni qui, tête penchée en avant pour mieux savourer une confidence chuchotée, m'adressait un regard rayonnant, porteur d'un message nouveau. Comment cela s'était-il passé ? Avec quelle étrange recette le cosmos avait-il concocté tout ça ? Combien de bols d'air pur, pensai-je, combien de pincées de mère paf, combien de cuillerées de blonde piquante ?

Dans la Jeep, ma mère enfila ses lunettes de protection et m'annonça qu'elle était prête. Toni resta silencieuse, mais je sentais son regard sur ma nuque. Je la connais depuis six mois. Nous sommes voisins, pas amants. C'est une belle femme, c'est-à-dire qu'elle est belle de façon naturelle et athlétique ; elle ne se maquille pas, et je ne l'ai jamais vue en robe. Mais cela ne la rend pas moins désirable, en tout cas pas à mes yeux ni à ceux des bataillons de jeunes hommes en ville qui essaient régulièrement de sortir avec elle. Elle a la trentaine, moi la cinquantaine, et j'ai toujours pensé que cette différence d'âge constituait un obstacle, pour elle du moins. Mais je dois avouer qu'il m'est souvent arrivé de me demander à quoi elle ressemblerait en robe, ou sans rien. Alors qu'on pénétrait sur les hautes et plates prairies du col de Schofield, j'avais justement à l'esprit cette exquise image d'elle – l'athlétique Toni Flowers avançant vers moi à grands pas dans cette prairie, habillée de ses longs cheveux et de presque rien d'autre. Je garai la Jeep au bord du chemin et enlevai ma veste.

Ma mère sourit, défit sa ceinture de sécurité et sortit. « Des fleurs sauvages », dit-elle en parcourant du regard un champ de boutons-d'or. Elle partit avec Toni cueillir des fleurs tandis que je roulai jusqu'à l'extrémité nord de la prairie de Schofield pour inspecter le torrent que nous allions devoir traverser à gué. Le niveau des eaux était haut, mais je savais qu'on y arriverait, et à mon retour ma mère était assise au bord de la route, humant un bouquet de primevères et de myosotis sauvages. Son visage rayonnait dans l'intense lumière du soleil. Avec son pantalon beige et mon tartan, elle semblait particulièrement adaptée à la rudesse de l'environnement, tel un petit buisson trapu. Elle se leva, prit Toni par la main et rejoignit la Jeep.

« Pourquoi est-ce que personne ne vit ici ? dit-elle en attachant sa ceinture. Et il est où ce ravin Casse-Couilles ? »

Je regardai Toni. Laquelle haussa les épaules.

Je répondis à la première question. Je dis à ma mère tout ce que je savais sur Schofield, la mine qui avait brièvement prospéré à la fin du XIXe siècle, les effroyables conditions en hiver, les énormes problèmes qu'ils avaient eus pour transporter vivres et matériel dans la neige. Je dis que c'était trop loin, trop haut, trop isolé. Quant à la cascade du proche et bien nommé ravin, j'aurais souhaité que Toni ne lui en eût pas parlé – j'imaginais ma mère avançant péniblement sur ce chemin escarpé, se tordant peut-être la cheville, ou pire.

Toni dit : « M'man, peut-être qu'on marchera jusqu'à la cascade la prochaine fois. Il vaut mieux continuer si on veut rentrer avant la nuit. »

Ma mère ne fut pas dupe, je le savais, mais elle sourit et caressa le bras de Toni comme pour dire : Bien joué, vous avez lu dans ses pensées. Puis elle se retourna et observa le champ. « Son père ne verra jamais ça, dit-elle, associant de façon étrange cet océan de fleurs sauvages et R. Harold Wells. Le plein air l'effraie. La nature se limite pour lui à un bunker sur un terrain de golf. » Ma mère semblait gaie, presque frivole. Elle posa ses mains sur ses hanches et regarda longuement les versants nets et rocheux du col de Schofield. « N'est-ce pas incroyable ? dit-elle. Il a beau dire, il aurait *peur* de venir ici. »

Après le torrent, la route qui descend jusqu'à Crystal Valley n'est plus une route. C'est un chemin muletier taillé dans la falaise, qui a été élargi par la suite pour permettre le passage de wagonnets. La pente étroite jonchée de pierres tranchantes et d'ardoise instable descend à trente degrés ; certes, il serait idiot de l'emprunter avec un véhicule de ville, mais ce n'est pas particulièrement difficile pour une Jeep ; en Jeep, si on fait attention, ce chemin n'est pas plus dangereux qu'un tour de montagnes russes dans un parc d'attractions : les frissons et le danger résident surtout dans le spectacle que l'on a sous les yeux.

Au sommet de cette descente vertigineuse, comme je rétrogradais pour aborder les derniers centimètres de terrain plat, à ce moment ahurissant lorsque la montagne russe plonge pour la première fois dans l'abîme, ma mère lâcha un cri de joie. Je la regardai brièvement et la surpris en train de sourire follement, une main sur le tableau de bord, l'autre tenant les fleurs en équilibre sur ses genoux. Toni ricana. Je freinai. La Jeep rebondit, avança d'un coup, puis rebondit de nouveau. Je me concentrai sur les pierres juste devant le capot ; lentement, la Jeep descendit le chemin étroit, quinze mètres, trente mètres. Ma mère bougea sur son siège, plissa les yeux ; comme je venais d'immobiliser la Jeep un peu brusquement pour contrôler notre vitesse, Toni me toucha l'épaule et pointa un doigt sous mon nez. « Qu'est-ce que c'est que ça ? » dit ma mère.

Là, à une cinquantaine de mètres de nous, un morceau de la falaise s'était détaché des hauteurs et était tombé sur la route, bloquant partiellement le passage. Super. Pourquoi maintenant ? pensai-je. Quand j'étais passé ici un mois plus tôt, alors que je me dirigeais vers Aspen pour rencontrer un cuisinier, la route était dégagée. J'avançai, puis m'arrêtai à nouveau, me demandant si je ne ferais pas mieux de reculer tant que cela était encore possible. Toni sortit brusquement et s'élança le long du chemin. Elle se tint un moment devant l'éboulement, puis d'un geste de la main me fit signe d'avancer. Arrivé à sa hauteur, je coupai le moteur et la rejoignis pour évaluer les dommages.

« Ce n'est pas si grave », dit Toni. Elle déplaça une pierre. « Quelqu'un est déjà passé par là. »

Apparemment, l'éboulement et le trou dans la falaise étaient récents. Mais Toni avait raison : il y avait des empreintes peu profondes dans l'argile meuble – des traces de pneus –, et presque toutes les grosses pierres avaient manifestement été déplacées au bord du talus. L'éboulement ne s'étendait guère que sur trois mètres, et les pierres s'amoncelaient en pente contre la falaise ; j'étais sûr que nous passerions sans problème, mais, sur ces trois mètres, la Jeep s'inclinerait dangereusement vers la droite, en équilibre sur deux roues, avec ma mère du côté du vide.

Je retournai jusqu'à la voiture et dis à ma mère de sortir côté conducteur. Elle ne bougea pas. Elle ne me regarda même pas. Elle resta figée sur son siège, serrant ses fleurs avec férocité.

« C'est ridicule, dit-elle. Si vous traversez, je traverse avec vous.

– Maman... » Il fallait que je m'exprime avec tact. « Il n'y a rien à craindre, mais, s'il se passe quelque chose, tu seras la plus mal placée... si ça bascule.

– Oh, *flûte* ! dit-elle. C'est un jeu d'enfant. »

Elle conteste, pensai-je. Ma mère ne conteste jamais.

« D'accord, dis-je. Il y a autre chose. Moins on a de poids de ce côté-là, mieux ça vaut. » Je savais que c'était une erreur avant même de le dire. Je tentai de réparer ma bourde. « Comme un voilier qui gîte dans la tempête, ajoutai-je. Tout le monde de tribord à bâbord !

– Trop lourde ? » dit-elle. Elle remonta ses lunettes au-dessus de ses sourcils. « Est-ce que tu es en train de me dire que je *pèse* trop ? »

Perdait-elle la raison ? Était-ce le premier pas vers la sénilité ? Pourquoi avais-je le sentiment soudain et déplaisant d'être sur le point de tenir le rôle de mon père, un R. Harold Wells toutefois diminué et peu convaincant ?

« Très bien, dit-elle. Je me pencherai avec Toni à bâbord, derrière toi. »

Toni vint à la rescousse. « M'man, dit-elle. Il y a une règle en montagne, pour les véhicules tout-terrain. Quand il y a danger, tout le monde marche sauf le conducteur. »

Ma mère la dévisagea. Je n'avais jamais entendu parler de cette « règle », et je doutais fort de son existence, mais ma mère semblait y réfléchir, cherchant à savoir comment cette loi de la nature pouvait s'appliquer à elle, sauvageonne qu'elle était devenue. Au final, elle fléchit. Elle soupira, défit sa ceinture, glissa côté conducteur et sortit de la Jeep. Elle traversa l'éboulement avec Toni ; elles s'arrêtèrent quelques mètres plus loin. Je conduisis avec précaution, faisant avancer doucement la Jeep dangereusement inclinée, à moitié assis sur le cadre de la portière, certain de pouvoir sauter si la Jeep se renversait. Ce qui n'arriva pas, bien sûr, et un instant plus tard nous progressions péniblement vers le fond du canyon et nous enfoncions dans l'épaisse forêt aux abords de Crystal Valley.

Crystal Valley est le parfait paysage des Rocheuses. C'est une luxuriante vallée de vastes prairies bordées de montagnes escarpées, qui passe du vert sombre des épicéas au vert plus clair des trembles et des hautes herbes d'été. Descendre dans Crystal Valley après les étendues rocheuses de Schofield est un soulagement tant mental que physique. La descente vous remonte le moral.

Pourtant ma mère avait l'air de vivre ces hauts et ces bas en ordre inversé. Hier, à son arrivée à l'aéroport, et jusqu'à ce que nous soyons à Emerald Lake, elle était courtoise, mais maussade et timide. À vrai dire, je ne l'ai jamais connue autrement : silencieuse, passive, d'une calme bonne humeur, jamais contestatrice, plutôt peureuse et occasionnellement désœuvrée. Puis tout d'un coup elle eut ce comportement étrange, son « délire », à Emerald Lake et au col de Schofield. Mais tandis que nous entamions notre descente au pas après le col et cet étrange épisode pour la convaincre de descendre de la Jeep, je remarquai qu'elle était redevenue silencieuse. Je crus d'abord qu'elle était fâchée contre moi de l'avoir privée du frisson de passer en équilibre sur deux roues à flanc de falaise. Mais lorsque nous gagnâmes la forêt trois cents mètres plus bas, je compris qu'elle s'était bizarrement transformée derechef en ma mère, tenant son siège d'une main raide, le visage blafard tourné vers la route, ignorant cordialement le paysage. Plus nous descendions, plus elle semblait rétrécir, tant et si bien qu'une fois le vieux moulin Deadhorse derrière nous, alors que nous arrivions à la supérette de Marble, elle avait repris le rôle passif de Mme R. Harold Wells.

Je me garai devant. Ma mère plaça soigneusement ses fleurs sur le siège et suivit Toni à l'intérieur. Je voulais lui dire quelque chose avant qu'elle ne descende, mais je ne savais pas quoi. J'ai même pensé rentrer à Crested Butte en passant par Schofield au lieu de suivre l'itinéraire le plus simple, rien que pour lui faire plaisir, mais je ne nous imaginais pas montant péniblement cette mauvaise route, surtout après les difficultés que nous avions rencontrées à l'aller. Toni revint, et une minute plus tard ma mère sortit du magasin en traînant les pieds, un gobelet rempli d'eau à la main et un sac en paille suspendu au bras. Elle sourit faiblement et me montra le contenu du sac. « Des trucs de touriste », dit-elle. À l'intérieur, je vis un bout de bois taillé qui ressemblait vaguement à un élan, un morceau de marbre en provenance de la carrière du coin, poli en forme de presse-papiers, six ou sept cartes postales. L'eau était pour les fleurs.

Nous prîmes à gauche la nationale 133 au nord de Crystal Valley, puis montâmes la route goudronnée vers le sommet du col de McClure. Une fois le col franchi, nous contournâmes un réservoir et virâmes à gauche sur un chemin qui montait progressivement et nous mènerait à Kebler Road, et pour finir à Crested Butte. Ma mère resta tranquillement assise les fleurs à la main, clignant des yeux derrière ses lunettes, hochant la tête en souriant tandis que Toni lui montrait les montagnes, les ruisseaux et les points de repère. Je lui en fus reconnaissant. Toni la divertissait alors que j'en étais incapable, d'abord parce que je ne connaissais pas tout cela, ensuite parce que j'étais, je crois, encore émerveillé et troublé par le comportement qu'elle avait eu en altitude. « M'man » par-ci, « m'man » par-là, Toni poursuivit jusqu'à la maison, nous montrant à ma mère et à moi, gens des pays plats, ce dont nous nous privions depuis tout ce temps.

Une fois rentrés à la maison, ma mère monta à pas feutrés prendre un bain et faire la sieste. Nous étions arrivés aux abords de la ville au crépuscule, et il était presque 21 heures lorsque Toni et moi nous mîmes à fouiller les placards à la recherche de quelque chose à cuisiner, ou plutôt de quelque chose que nous n'aurions pas à cuisiner, pour dîner. J'étais sûr que ma mère ne se montrerait pas pour le repas : à notre arrivée, après m'être garé dans l'allée, elle était tellement exténuée qu'elle tituba jusqu'à la porte, et j'avais brièvement pensé que j'allais devoir la porter jusqu'à la maison. Mais elle se débrouilla toute seule, se maintenant en équilibre, ses fleurs d'une main et son sac en paille de l'autre, déterminée, me sembla-t-il, à ne pas être une charge pour nous.

Toni trouva un paquet de macaronis. Elle fouilla dans le réfrigérateur, cherchant de quoi faire une salade, secouant la tête en me disant que jamais je ne réussirais dans la restauration. Elle grimaça à la vue d'un steak congelé, agita la poignée de la boîte à pain qu'elle ne parvenait pas à ouvrir, et finit par en sortir une bouteille de vin rouge, la même marque que celui que nous avions emporté à Emerald Lake. « Le vin favori de m'man », dit-elle, et elle commença à chercher le tire-bouchon dans la poche de son manteau.

C'est alors que ma mère apparut dans les escaliers. Ses cheveux étaient mouillés, peignés en arrière, et elle portait un de mes vieux pulls rêches, un col roulé vert cinq fois trop grand pour elle – avec un de mes jeans auquel elle avait fait de larges revers aux chevilles. Elle ressemblait à un arbre en pot que l'on venait d'arroser. Elle pénétra dans la cuisine en chantonnant, son verre de fleurs sauvages à la main.

« Je n'arrivais pas à dormir », dit-elle. Toni lui proposa du vin. Ma mère refusa. Elle posa les fleurs sur le plan de travail, et les arrangea doucement des deux mains. « Elles sont en train de se faner, dit-elle, puis elle ajouta à l'intention de Toni : Vous avez du papier sulfurisé ? »

Toni trouva le papier sulfurisé tandis que je sortais le fer à repasser et des ciseaux du débarras. Ma mère commença par soigneusement tailler les tiges, puis elle découpa de petits rectangles de papier, tout en vérifiant de temps à autre du bout du doigt la chaleur du fer. Mon ex-femme faisait pareil – avec le corsage qu'elle avait porté au bal du lycée, des échantillons de notre mariage, les tristes vestiges de l'enterrement de sa sœur : tout cela se trouvait dans l'énorme bible qu'elle ne lisait jamais. Je n'avais jamais vu ma mère faire sécher des fleurs, du moins je n'en avais aucun souvenir. Comment comptait-elle les transporter à Philadelphie ?

« Ça ne t'ennuie pas si j'emporte ton dictionnaire ? » demanda ma mère. Elle m'adressa par-dessus son épaule un sourire narquois et fatigué. « Ton père va penser que je suis folle de rapporter toutes ces fleurs du Colorado. » Elle se retourna vers le plan de travail. « Mais il les appréciera, vieux jardinier frustré qu'il est. »

C'était vrai. Un jour, je l'avais surpris dans le jardin à l'arrière de leur maison, à genoux en train d'arracher des mauvaises herbes, fouillant la terre autour des plants de tomates de ma mère. Il m'avait soutenu avoir perdu une balle de golf.

J'allai chercher le dictionnaire. À mon retour, Toni avait rejoint ma mère devant le plan de travail. Elles discutaient et souriaient, et leurs mains se mêlaient en s'affairant sur les myosotis. Je ne suis pas sûr de ce qui m'a pris à ce moment-là. Peut-être était-ce la douce lumière de la lampe Tiffany au-dessus de la vieille table en bois, la chaude lueur qui baignait ma cuisine quasi centenaire, légèrement affaissée et biscornue. Enfant, il m'était arrivé de me considérer comme une pièce à la forme étrange dans le puzzle difficile qu'assemblaient mes parents – quelle que soit la façon dont ils essayaient de me disposer, ça ne collait jamais. Au fil des années, en revanche, mes angles s'arrondissant, je finis par trouver ma place. Et il y eut des moments, en dehors du temps, de brefs instants où je voyais le puzzle en entier, avec chaque pièce épousant parfaitement les contours de la pièce suivante. C'est ce que je voyais à présent en regardant par l'embrasure de la porte de la cuisine : la lumière, les chauds tons pastel de cette pièce accueillante, Toni et ma mère épaule contre épaule, mon passé et mon futur. Je voulais les enlacer toutes deux. Je voulais leur dire ce que je me savais incapable d'exprimer avec des mots. Au lieu de quoi, je posai le dictionnaire sur le plan de travail et quittai silencieusement la maison.

Je me rendis en voiture au Grubstake, un restaurant dans la rue principale. C'était samedi soir, l'endroit était bondé, mais je n'eus aucun mal à convaincre une serveuse de me préparer trois repas à emporter. Je trouvai un coin inoccupé et commandai une bière. La plupart des clients, habitués des fins de soirée, étaient des gens de la région, avec quelques touristes. Demain, pensai-je, j'emmènerai Toni et ma mère ici pour déjeuner, peut-être pourrions-nous ensuite nous promener en ville. Lundi matin, ma mère prendrait l'avion pour Philadelphie – je l'avais invitée pour une semaine, mais non, avait-elle dit, leur maison deviendrait un vrai bazar si elle s'absentait aussi longtemps. Je me surpris à sourire dans mon verre de bière en repensant à la scène à Emerald Lake, ma mère criant sa joie en descendant la route de Schofield – oh, comme j'aurais aimé voir l'expression de mon père à ce moment ! pensai-je. Si seulement cette scène avait pu être projetée dans sa tête ! Ma mère ne lui en soufflerait mot, je le savais. Elle ferait développer ses photos, elle lui montrerait les cartes postales, les fleurs et l'élan ridicule taillé dans le bois, en lui disant à quel point le Colorado était « agréable ». Elle lui montrerait ces souvenirs en lui apportant un Martini dry Bombay et un exemplaire soigneusement plié du *Wall Street Journal*, avant le dîner, dans le petit salon, et l'embrasserait discrètement. Je me demandais si elle parlerait de Toni, ou du restaurant, ou de ma Jeep cabossée et de ma maison branlante. Et, lorsqu'elle lui montrerait les fleurs sauvages, y verrait-il les moments qu'elle y avait si soigneusement conservés ?

Là où les pères s'en vont

Un été, lorsque j'étais petit garçon, mon père remplit le coffre de notre voiture et nous emmena, ma mère et moi, sur la côte du New Jersey. Il loua une maison située près d'une ville qui s'appelait Ship Bottom – « fond de cale » –, ainsi nommée, m'expliqua rapidement ma mère, parce qu'un bateau y avait échoué avant de chavirer dans les vagues. La maison, massive, en forme de tente avec un toit escarpé, était située sur les dunes qui surplombaient la plage. J'avais l'impression que cette maison était vivante, car elle avait un visage : deux fenêtres rondes au premier étage au milieu desquelles une petite porte épaisse menait à un escalier de secours ; et, sur toute la largeur du rez-de-chaussée, un porche à moustiquaire souriait à l'océan. C'était la seule maison en vue le long de cette blanche étendue de sable, et, heureusement pour ma mère qui était facilement gênée, aucune cale de bateau n'y était visible.

Tous les matins, mon père me prenait par la main et m'entraînait avec lui dans les vagues. Je me cramponnais férocement à son bras, et mon petit corps semblait si impuissant, si mystérieusement en apesanteur dans l'écume assourdissante. « Saute », me disait-il, et je sautais quand je le pouvais. Puis il riait et pointait un doigt sur la vague suivante en me disant de me tenir prêt, mais je ne l'étais jamais. Il me catapultait alors sur ses épaules et traversait d'un pas lourd les flots en s'ébrouant et en tonnant comme un géant, tandis que, ivre de rires et frissonnant dans le vent, je poussais des cris d'encouragement, et nous nous enfoncions de plus en plus profond dans l'eau. Une fois, je lui dis que j'avais besoin de retourner à la maison. Il me fit descendre de ses épaules. « Fais-le ici, Jarrold, dit-il. Tout le monde fait pipi dans la mer. Même les poissons. »

À midi, ma mère nous rejoignait et s'asseyait sur une couverture sous le plus grand parapluie que j'avais jamais vu ; mon père l'avait enfoncé dans le sable à mi-chemin entre les dunes et l'océan. Elle nous apportait des sandwichs et, lorsque nous avions fini de manger, elle enduisait d'huile mes épaules et m'installait dans l'ombre du parapluie où je m'endormais.

Ce fut après l'une de ces siestes que je vis, à mon grand étonnement, un énorme ballon gris au-dessus du littoral qui avançait dans le ciel en flottant silencieusement, suivi au loin d'un autre. À l'époque, j'avais appris grâce à mon père une merveilleuse théorie sur l'existence de mon nouvel environnement – ce qu'était l'océan et comment la plage était devenue une plage –, que j'avais exposée à ma mère la veille au soir. Mais les énormes ballons, aussi grands que des immeubles, d'un gris sombre comme des nuages en route vers un orage d'été, dépassaient largement ces nouvelles connaissances. Mon père les appelait des zeppelins. Il disait que les zeppelins étaient des baleines volantes – s'il y avait des baleines dans l'océan, pourquoi n'y en aurait-il pas dans le ciel ?

Ma mère ferma son livre et soupira. « Harry... dit-elle. Il croit que le sable est fait de crottes de mouette et que l'océan est la baignoire de Dieu. » Elle se tourna vers moi. « Ce sont des dirigeables, mon chéri. Ils sont à la recherche de sous-marins allemands. »

Nous étions en 1944.

Un jour, tandis que ma mère faisait des courses et que mon père était en train de nager, une femme aux cheveux souples et blonds, en robe bleu ciel, se dirigea vers moi chaussures à la main alors que j'étais allongé sur la couverture. Elle désigna mon père du doigt et me demanda si c'était mon père, et, lorsque je hochai la tête, elle dit : « Oh. » Puis, avant de partir, elle me serra la main et me dit qu'elle s'appelait Millie, ajoutant qu'elle habitait la première maison derrière les dunes près de la route. Lorsque mon père sortit de l'eau, je lui parlai d'elle. Je dis que c'était la plus jolie dame que j'aie jamais vue. Je dis qu'elle avait de gros zonzons – le terme venait de lui – et qu'elle habitait la première maison près de la route. Mon père me remercia. Il dit qu'il examinerait la chose.

Plus tôt cette année-là, mon père s'était absenté longtemps. Puis, finalement, juste avant mon anniversaire en mai, il revint dans notre grande maison couverte de lierre, à Philadelphie. Nous passâmes alors des moments heureux, mais ce n'était pas pareil, du moins pas entre lui et ma mère : mon père ruminait beaucoup, surtout la nuit, et je pouvais sentir la tension flotter comme de la fumée dans les pièces énormes de cette sombre maison. Ma tante Margaret avait convaincu mes parents de prendre leurs vacances à la plage. « Il vous reste si peu de temps ensemble, dit-elle un jour à ma mère. Sortez de la ville et profitez-en autant que possible. »

Je n'avais pas la moindre idée de ce que tante Margaret voulait dire par là, mais c'était ce qu'il y avait de mieux, pensai-je, cette plage et cette maison à la façade souriante. Je me demandais pourtant si mon père partageait ce sentiment. Il était devenu chaque jour plus silencieux, et avait commencé à sortir se promener la nuit, et parfois le matin. Puis un après-midi je vis Millie à nouveau. Mon père m'apprit qu'il avait trouvé un large banc de coquillages échoués sur la plage et, dès que l'on eut déjeuné, nous partîmes en expédition, mon père armé d'une taie d'oreiller et moi d'un sac en papier soigneusement plié. J'étais excité. J'aimais tout particulièrement les bulots, leurs coquilles en spirale dans lesquelles on pouvait entendre l'océan ; j'espérais que j'en trouverais un entier. Mais nous avions fait cent mètres à peine lorsque Millie, émergeant des dunes, sautilla vers nous en maillot de bain.

« Regarde ses zonzons », dis-je à mon père, mais il me dit de me taire. C'est alors qu'il fit une chose étrange. Il posa ses mains sur ses bras, lui embrassa la joue et lui demanda ce qu'elle faisait là – comme s'il la connaissait. Elle me sourit. Je ne lui rendis pas son sourire. Je posai le sac sur le sable et m'assis dessus, sachant bizarrement que je ne le remplirais jamais.

Une semaine plus tard, tante Margaret et oncle Bill descendirent de Philadelphie. Tout comme mon père, oncle Bill avait été absent, mais pendant tellement longtemps que je me souvenais à peine de lui. Il entra clopin-clopant dans la maison sur une jambe et avec des béquilles ; je pensais qu'il avait trouvé le moyen de cacher le bas de son autre jambe. Ma mère cligna des yeux et tint son mouchoir devant sa bouche. Mon père l'enlaça pendant longtemps. Et, lorsque je demandai à oncle Bill ce qu'il avait fait de son pied, il me dit qu'il l'avait perdu à la guerre. Je lui demandai s'il l'avait bien cherché, et il me répondit que oui. Je lui demandai ce qu'était la guerre, mais il ne me répondit pas.

Ce soir-là, mon père resta à la maison. Mais j'avais déjà compris où il allait lors de ses promenades, et je crois que ma mère l'avait compris aussi car elle soupirait beaucoup et avait cessé de venir à la plage l'après-midi. Un matin de bonne heure, je le vis par la fenêtre de ma chambre se diriger à travers les dunes vers la maison de Millie, et c'est alors que je décidai que je n'aimais pas Millie. Mais ce soir-là, en présence de tante Margaret et d'oncle Bill, je savais qu'il ne partirait pas. Et il y avait une autre raison : quelque chose avait bouleversé ma mère, une chose si importante qu'elle s'était précipitée hors du salon pour cacher son visage. Je la trouvai dans la cuisine, une enveloppe à la main, sanglotant sur l'épaule de tante Margaret. Mon père et oncle Bill s'étaient retirés dans l'obscurité du porche, et je ne savais ni ce que je devais faire ni où je devais aller. L'ampoule « black-out » dans la cuisine – un autre aspect curieux de cette « guerre » – répandait une lueur sinistre sur les murs lambrissés de pin, sur la grande table en bois aux rallonges semblables à des ailes et sur les chaises instables en osier. Assis à table, j'étais encore plus petit que lorsque je me tenais debout. Cette cuisine était si chaleureuse avant, un lieu où il faisait bon être ensemble, mais elle me semblait à présent petite et hostile :

j'étais certain que les nœuds dans le bois des murs me dévisageaient. Je tirai sur la robe de ma mère. Je lui pris la main et l'obligeai à me regarder. Je lui demandai ce qu'était la guerre, mais elle ne me répondit pas.

Le lendemain matin, mon père partit avec oncle Bill et tante Margaret dans leur voiture. Mon père avait l'enveloppe dans la poche de sa chemise. Avant son départ, maman me dit que tante Margaret avait apporté notre courrier de Philadelphie, et que l'enveloppe contenait des papiers ordonnant à papa d'aller en Europe combattre les nazis. Je lui demandai où se trouvait l'Europe, et pourquoi, s'il voulait combattre les nazis, il ne les cherchait pas comme les zeppelins, juste au-dessus des vagues devant la maison. Elle tenta de sourire, mais ses yeux étaient pleins de larmes. Puis, après que tante Margaret eut aidé oncle Bill à monter dans la voiture, mon père me souleva, posa son poing sur mon menton et me dit ce qu'il me disait toujours en me bordant le soir : « Ferme les yeux pour empêcher tes rêves de s'envoler. » Je les fermai fort tandis qu'il sortit par la porte, mais ce n'était pas pour garder mes rêves, pas à ce moment-là. Je restai debout sur place un long moment, les doigts dans les oreilles, fermant si fort les yeux que j'entendis le vent souffler dans ma tête. Lorsque je les rouvris, il avait disparu, et je vis ma mère assise sur le canapé, le visage entre les mains. Je sortis et m'assis sur une dune.

Pendant notre dernière semaine de vacances, ma mère et moi restâmes dans cette maison sur la côte. Elle m'emmena deux fois me baigner, et un après-midi pluvieux nous allâmes au cinéma, mais la plupart du temps nous faisions de longues promenades sur la plage. Dans la maison, ma mère lisait beaucoup et je pensais beaucoup, surtout aux nazis. Je me les imaginais comme des monstres qui venaient d'une mer appelée Europe et qui parcouraient à la nage les côtes des autres, leur mordant les jambes et regardant par leurs fenêtres. Je ne voyais pas pourquoi quiconque voudrait les combattre, surtout pas mon père. La veille de notre retour à Philadelphie, tandis que ma mère faisait la sieste, je me préparai un sandwich et partis dans les dunes vers la maison de Millie. En arrivant, je frappai à la porte à moustiquaire, mais personne ne répondit. J'entrai et parcourus la maison. J'avais espéré y trouver mon père, car chez Millie cela devait être mieux qu'en Europe, mais il n'y était pas. Je décidai de partir et, tandis que je tournais dans le couloir à l'arrière de la maison, je vis un berceau dans une chambre. Il y avait des jouets de bébé sur le sol, un paquet de couches sur une table, de minuscules vêtements roses sur le grand lit à deux places. Et sur la table de chevet près du lit se trouvait une photographie encadrée d'un homme en uniforme, coiffé de l'un de ces étranges chapeaux pointus, des rubans et des médailles sur la poche de sa veste. Millie pénétra alors dans la chambre avec son bébé, et se tint près de moi. Je lui demandai qui était l'homme, et elle me dit que c'était son mari. Je lui demandai où il se trouvait, et elle dit qu'il était parti à la guerre. Je lui demandai ce qu'était la guerre ; elle mit son bébé dans le berceau et dit : « La guerre, c'est là où les pères s'en vont pour ne jamais revenir. »

Je courus. Je courus sur la plage et à travers les dunes pour rejoindre notre maison. Je courus jusqu'à ma mère et la réveillai. Je tentai de lui dire que je savais ce qu'était la guerre, mais les mots éclataient dans ma gorge.

Donc je lui ai dit

« Et ce fou de Stewie, qu'est-ce qu'il est devenu ? dit-il. Tu sais, Stewie, ce mec dégingandé avec des lunettes épaisses comme des phares de voiture, il avait des yeux de merlan frit. Le mec qui riait comme un oiseau, *hi hi*, quand il n'y avait rien de drôle, et si tu le lui faisais remarquer, il disait que *rien* était la chose la plus drôle qu'il ait jamais entendue, *hi hi*. Tu te rappelles la nuit où il s'est perdu à pied dans les montagnes pendant une tempête de neige, et que la moitié des flics de la ville ont cherché son corps le lendemain ? Finalement, il a réapparu avec des doigts gelés et des glaçons qui lui pendaient du nez, et personne ne pouvait lui enlever ses bottes. Il a dit qu'il avait vu Janis Joplin au sommet de Lookout Mountain, *hi hi*. Ouais, Stewie, c'est comme ça qu'il s'appelait. Qu'est-ce qu'il est devenu ? »

Donc je lui ai dit. J'ai raconté comment Stewie avait passé trois jours dans ma cuisine à dégivrer près du four, et le quatrième jour il avait disparu derechef, quelque part entre la supérette 7-Eleven et le Trail Ridge Restaurant. Tout le monde pensait qu'il était parti dans la nature retrouver Janis Joplin, mais il n'y avait aucune empreinte dans l'épaisse couche de neige aux abords de la ville, et quoi qu'il en soit, personne ne voulait se remettre à chercher Stewie, donc je l'ai attendu avec une bassine d'eau chaude, prêt à le décongeler quand il rentrerait en chancelant. J'ai attendu une semaine. Pauvre Stewie, pensai-je, raide comme un poisson surgelé quelque part dans la montagne jusqu'en juin. Puis un ami avait appelé de Tucson pour me dire que la photo de Stewie avait paru dans le journal local. « Un touriste mène la police jusqu'à un alligator mangeur de marijuana, pouvait-on lire. Cinq arrestations. » Stewie, m'expliqua mon ami, avait été repéré par une voiture de patrouille qui passait par hasard alors qu'il se trouvait sur le trottoir en train de psalmodier les louanges du « Grand Bubbah », ou de je ne sais quel gourou. Le flic s'arrêta, mais avant qu'il puisse se faire une idée de la nature des gesticulations de Stewie, une femme folle était sortie en courant d'une maison voisine, se tirant les cheveux et criant « Poulet ! », hurlant que si le flic voulait arrêter quelqu'un, il n'avait qu'à l'arrêter elle et laisser ce pauvre gamin tranquille sur son trottoir. Le flic lui courut après dans la maison, où il trouva son petit ami dans la salle de bains, une main tenant un grand sac d'herbe, et l'autre à moitié enfoncée dans la gorge d'un alligator d'un mètre cinquante-cinq dans la baignoire. Le temps qu'arrive la brigade des stups, trois fugitifs et une boîte à chaussures pleine de LSD avaient été débusqués dans les placards. Stewie était un héros sans savoir pourquoi. Mon ami le conduisit jusqu'à la gare routière, et lui acheta un billet pour San Francisco.

« C'est marrant, dit Luger, comme tu peux croiser quelqu'un que tu n'as pas vu depuis des années. »

J'opinai du chef, trouvant « marrant » moi aussi que ce duo d'une quarantaine d'années, deux de mes anciens copains de lycée, qui avaient grandi dans le même quartier résidentiel de Denver que moi, aient atterri dans ce sombre bar de Broadway que je ne fréquentais que rarement. Je les avais d'abord vus devant la vitrine, mains collées sur leurs visages comme des œillères, scrutant les ténèbres enfumées, le mobilier bon marché et les murs sales, leurs pulls de ski rutilants dans le soleil de l'après-midi. Je les avais reconnus malgré leurs doubles mentons et leurs crânes dégarnis. Mais je ne pensais pas qu'ils entreraient ici, pas dans cet endroit. Puis la porte s'ouvrit avec fracas, la voix tonitruante de Bill Luger s'engouffra dans le bar, et je me retrouvai penché sur le comptoir, espérant passer inaperçu, tout en sachant que ce ne serait pas le cas.

« Dwight ? dit Luger. Mon Dieu, c'est *toi* ! Dwight, qu'est-ce que tu fous là ? Hé, Bradley, c'est Dwight Bolles ! »

Bradley Jacobson. La dernière fois que je l'avais vu, il était en train d'arranger ses cheveux touffus d'un roux flamboyant dans les toilettes des garçons à l'école. Maintenant, il avait le front dégarni, et quelques mèches bouclaient encore au-dessus de ses oreilles aussi rouges que ses joues. Il ressemblait à un clown en vêtements de ville, se tenant derrière Bill Luger comme il l'avait toujours fait. « Dwight Bolles, dit-il avec déférence, sifflant à travers des dents refaites que je ne lui connaissais pas. Eh bien, qui l'eût cru ? »

Luger me serra vigoureusement la main. « Putain, Dwight, tonna-t-il. Ça fait plaisir de te revoir. » À l'époque, dans les années 1970, Luger avait été le meilleur *fullback* dans notre championnat local de football américain. Il avait également été le type le plus bruyant du quartier le plus silencieux de Denver. Sa voix n'avait pas changé, contrairement à sa silhouette : avec ses kilos en plus, il semblait s'être rapetissé, densifié, comme du mastic agglutiné sur le sol. « Alors, qu'est-ce que tu deviens ?

– Pas grand-chose », dis-je, et Luger examina ma barbe de trois jours. Puis il fit une chose qui me rendait fou par le passé, moi et tous ceux à qui il le faisait : il regarda mon front fixement avec un petit sourire, comme s'il y avait décelé une fascinante petite poussière, le marc de mes pensées que lui seul savait interpréter.

Pour finir, Luger m'offrit une bière et me dit qu'il venait de faire des courses dans le quartier avec Bradley, pour acheter du nouvel équipement en vue de leur fabuleux week-end de ski à Vail. Bradley Jacobson l'interrompit en se plaçant entre nous au comptoir. Bradley semblait déterminé à ne pas être exclu, et plus encore à me parler de son travail, comme si cela définissait son existence, tout en jetant des regards fréquents sur ma veste élimée et mes tennis usées, craignant sans doute que je ne lui avoue être un millionnaire excentrique. Bizarre, avant que nos chemins ne se séparent il y a des années, ils m'avaient tous deux désigné à la fin de nos études comme « celui qui a le plus de chances de faire fortune ». Chose que j'avais réalisée dans un sens, même si ce n'était pas de la façon dont ils auraient pu s'y attendre ; de même, ils ne pouvaient pas savoir que je n'étais plus grand-chose, surtout pas sobre, par exemple, et sûrement pas heureux. Mais je ne voyais aucune raison de leur en parler. « Ouais, dit Bradley. Je suis représentant de sous-vêtements féminins, ha, ha. Et si tu trouves que ça craint, Bill, c'est le roi du beignet.

– Putain, c'est vrai, Dwight, je suis chef régional chez Wigwam Bakeries, dit Luger – et je l'imaginai en train de pénétrer en se dandinant dans cet immeuble en verre couronné d'un énorme beignet, scrutant en plissant les yeux les fronts de ses employés boutonneux. Mais, hé, Dwight, tu te souviens de Pamela, la serveuse blonde du White Spot ? C'est ma femme maintenant.

– Ah ouais, dis-je. Comment l'oublier ? » Mais l'image floue sous la perruque blonde que je visualisais correspondait non pas à un mais à plusieurs visages, certains avec des yeux sombres et des lèvres pincées, d'autres avec une grimace perpétuelle. « Vous avez des gosses ? demandai-je tout en connaissant la réponse.

– Bien sûr, dit Luger. À nous deux, on en a cinq. Brad et Evelyn ont trois filles, et ma femme et moi avons deux garçons. » Il me donna un coup de poing dans le bras. « Eh ben, Dwight, tu devrais venir nous voir un de ces quatre », et dans son élan il saisit une carte de visite dans son portefeuille et m'indiqua à contrecœur le chemin jusqu'à un cul-de-sac dans un quartier à l'extrême sud-est de la ville. Pendant un instant, je laissai Luger s'inquiéter de savoir si je viendrais ou non chez lui, puis je glissai la carte dans la poche de ma chemise. Il se pencha en avant sur son tabouret et s'éclaircit la gorge.

« Dis-moi, Dwight », dit-il, et c'est alors qu'il s'esclaffa, donnant un grand coup du plat de sa main grassouillette sur l'épaule de Bradley. Il rit encore plus fort, ce qui attira vers nous le barman. « Et ce fou de Stewie, qu'est-ce qu'il est devenu ? »

Donc je lui ai dit. À lui, à Bradley Jacobson et au barman. Mais au milieu de mon récit, Luger m'interrompit en soulignant comme c'était marrant de croiser des gens qu'on n'avait pas vus depuis des années, et au son de sa voix, je sus qu'il ne voulait pas entendre la suite. Pour Luger, les gens comme Stewie se *devaient* de disparaître, du moins après lui avoir donné l'occasion de bien rigoler tout en lui fournissant une bonne dose d'assurance que lui, Bill Luger, athlète moyen des classes moyennes, avait toujours été et se trouvait toujours sur le bon chemin. Mais Bradley voulut en savoir plus. « Tu as eu des nouvelles de Stewie depuis San Francisco ? » demanda-t-il.

Oh oui, lui dis-je. Il m'avait appelé quelques mois plus tard et m'avait demandé de lui donner un coup de main avec ses plantes. Il m'avait même envoyé un billet d'avion. Voyez-vous, Stewie avait toujours eu un truc avec les plantes, depuis qu'il était gosse. Il leur faisait la lecture, il dansait même avec celles qu'il croyait mélomanes. Surtout les légumes. Les tomates étaient fières, disait-il, et la rhubarbe paranoïaque. Les fraises étaient aimables mais vaniteuses, et les concombres dangereux si on les excitait. Quant aux haricots verts, eh bien, les haricots verts étaient plus intelligents que les chiens, et rien en ce bas monde n'était aussi généreux qu'une pastèque.

Donc, en arrivant, je trouvai Stewie dans une serre qu'il louait dans Marin County, en train d'inspecter sa bienheureuse jungle. Il possédait quatre camionnettes avec quatre conductrices ravissantes et il avait appelé sa société « Adoptez une plante ». Il avait également une boîte pleine d'argent liquide dans un coin et sur une table un tas de chèques maculés de taches de café, qu'il avait oublié de déposer à la banque. Je commençai par jeter le cahier d'écolier dans lequel il tenait ses comptes, puis rebaptisai la société « Locations de plantes de Californie », et mis en place une campagne pour proposer notre main verte aux meilleurs restaurants et aux plus grosses banques de la baie. Ma jeune tête était pleine de grandes idées, le genre de projets que l'on a en sortant de l'école : je voulais mécaniser, automatiser, incorporer ; j'envisageais des champs entiers de plantes d'intérieur, des camions affichant notre énorme logo vert, des magasins en franchise à travers le pays ; j'imaginais une armée de fougères d'appartement arrosées par un bataillon de jardiniers en uniforme. Mais cela ne marcha pas – avant que je puisse développer nos affaires, Stewie vendit la société, sous prétexte que les plantes étaient malheureuses. Puis il disparut de nouveau, cette fois-ci, semblait-il, pour de bon. Moi, n'ayant plus de travail, je pris l'avion pour rentrer à Denver.

Bradley secoua la tête. Luger demeura silencieux, avachi sur son tabouret, mais je savais qu'il préparait un assaut verbal. « Hééééééé, finit-il par dire. Super comme histoire, Dwight. Dommage qu'il t'ait pas écouté. Ce fou de Stewie, il a dû finir clochard. Hé, si on se cassait d'ici... »

– Non, dis-je – regardant Bradley qui semblait impatient d'entendre la fin de l'histoire, et ne voulant pas que Luger s'en tire aussi facilement –, non, Stewie n'a pas fini clochard. Il y a un an j'ai reçu un coup de fil d'une femme à la voix suave, qui me dit que cela lui avait pris toute la matinée pour retrouver ma trace, qu'elle était la femme de Stewie, et que ce dernier pensait à moi depuis quelque temps ; si elle envoyait quelqu'un me chercher, est-ce que je viendrais leur rendre visite ? Je partis donc aux Bahamas à bord de l'avion privé de Stewie. Une fois sur son île, je montai en hélicoptère avec une beauté imposante qui s'appelait Naomi, la compagne de Stewie, et qui chanta pendant le trajet de mélodieuses ballades au pilote. En arrivant, nous trouvâmes Stewie dans la piscine où il s'occupait des nénuphars ; il avait l'air plus jeune et mieux portant et bien moins idiot qu'au cours de cette journée enneigée quand il avait disparu dans les collines. Je suis resté une semaine dans le paradis de Stewie, entouré de plantes exotiques et de perroquets bavards, à flotter dans un lagon couleur de jade que Stewie avait protégé des requins en plantant une barrière de piquets blancs au fond de la mer. Il ne dit pas grand-chose au cours de cette semaine, si ce n'est *hi hi*, et je ne lui demandai jamais ce qu'il faisait pour se payer un tel train de vie, mais je ne pus m'empêcher de remarquer les plaques et les certificats encadrés dans son bureau qui le félicitaient pour ses efforts en faveur de la conservation de la nature de par le monde, y compris une lettre du président du Costa Rica le remerciant d'avoir sauvé la forêt tropicale. Juste avant mon départ, après m'avoir accompagné de l'autre côté de l'île jusqu'à l'hélicoptère, Stewie s'inclina, me fit un baisemain, et me dit qu'il se souvenait des jours que nous avions passés ensemble à San Francisco, près d'une décennie plus tôt.

Il me dit qu'il avait vendu sa société à cause de moi, parce que j'avais forcé au lieu de laisser les choses se faire, parce que j'avais voulu imposer des lignes droites à un monde circulaire. Il me dit que je mourrais bientôt si je ne cessais d'être celui que je n'étais pas, si je ne cessais de faire ce dont j'étais incapable. Et lorsque l'hélicoptère décolla, décrivant un long arc au-dessus de la lagune, je vis alors ce que je n'avais pas remarqué en arrivant : il n'y avait aucune ligne droite dans l'île de Stewie. La maison et la piscine, circulaires, étaient parfaitement placées au centre d'une ondulation en constante expansion, de jardins foisonnants et de vergers soignés, l'ensemble embrassant le lagon, qui lui-même formait un cercle avec sa barrière de piquets blancs qui rejoignait la vaste courbe de la côte. Même l'héliport respectait ce motif, petit terrain blanc sur une étroite péninsule à l'autre extrémité, perle de lune posée sur un plus large cercle, l'île elle-même. Ainsi, je rentrai à Denver et arrivai au moment où éclatait l'un de ces gigantesques orages d'été qui font étalage de leur force en grondant bien au-dessus des montagnes. Le pilote de Stewie me donna de quoi prendre un taxi, mais je décidai de marcher. Sur le chemin, tandis que la pluie fraîche fouettait mon visage, je me mis à rire, en répétant continuellement *hi hi* jusqu'à ce que je finisse par découvrir ce que cela signifiait. Depuis, je n'arrête pas de marcher dans Denver, presque toujours en décrivant un cercle.

Luger avait cessé d'écouter à peu près au milieu de ma description de l'île. S'éloignant, il s'était penché sur le comptoir, feignant d'être intéressé, et il faisait tourner à présent son verre de bière dans une petite flaque, dessinant des cercles que j'étais seul à voir. Mais Bradley Jacobson me regardait fixement, et je crus le voir frissonner, un mouvement quasi imperceptible dans ses yeux, comme si en cette fraction de seconde il avait fait le bilan de chaque moment vécu ces dix dernières années, et s'était retrouvé sans rien.

Luger se tourna et me tapota le genou. « Eh bien, Dwight, dit-il. C'était sympa de te revoir. Je veux pas être impoli, mais on a deux ou trois boutiques à faire avant la fermeture des magasins. C'est bon, Brad, t'es prêt ?

– Pas encore, dit Bradley, le regard toujours braqué sur moi. On a largement le temps de se boire une autre bière. »

Luger adressa un regard noir à Bradley, comme un père sur le point de réprimander son fils, et je dus admettre qu'au lycée, voici toutes ces années, Bradley ne se serait jamais permis de parler ainsi. Il était rare que quiconque soit en désaccord avec Bill Luger, surtout pas son ombre rouquine, Bradley Jacobson.

« Et Toni, qu'est-ce qu'elle est devenue ? demanda Bradley, et j'entendis Luger grogner, un vent d'indignation émanant de ses tripes. Aux dernières nouvelles, elle avait déménagé dans une station de ski sur le versant ouest de la montagne, où elle faisait de l'alpinisme et du Deltaplane. Mais qu'est-ce qu'elle est devenue ? »

Donc je lui ai dit.

Le prix à payer

Personne ne connaît l'âge exact de cette prison. Ou bien ceux qui y travaillent ou y sont incarcérés s'en moquent. Les blocs de cellules originels ont disparu, détruits par des incendies, ou à cause de leur vétusté, ou parce que le gouvernement fédéral après avoir fait un procès les a finalement fait fermer. Reste un ramassis de vieilles solutions de rechange, des bâtiments rénovés mais jamais améliorés, surpeuplés et obsolètes en moins d'un an. C'est sur le mur que figure la date la plus ancienne – 1875 –, gravée dans la voûte qui surplombe la poterne à l'arrière de l'enceinte. La plupart du temps, Alex pense que cette date est fausse ; au mieux, quand il est bien luné, elle lui semble vague : ce sont les détenus qui ont construit ce mur, qui ont taillé la pierre bloc après bloc, dans la carrière derrière la prison. Mais ce sont les marques, les innombrables traces de coups de pioche et de marteau, qui sont l'âme et l'âge véritables du lieu.

Pour Alex, c'est la Vieille Centrale. Officiellement, ce pénitencier est sous juridiction territoriale, car l'État à l'époque n'était qu'un territoire, mais puisqu'ils ne savent plus dire la vérité, ils se sont contentés de le rebaptiser centre de détention. Donc, à présent, c'est un centre de détention territorial. La Vieille Centrale pour ceux qui sont là depuis suffisamment longtemps, quand il s'agissait encore de l'unique prison de haute sécurité de l'État. Mais, aujourd'hui, il y a de nouveaux établissements dans les plaines, des préfabriqués à deux ou trois étages encerclés de clôtures grillagées ; leurs installations sans la moindre pelouse ressemblent à des écoles égarées ou à des entrepôts gouvernementaux. Des parkings.

Alex creuse des fossés. Il transporte des canalisations, il cire des sols. Il est, avec le grand Stansky et Oscar Lincoln, l'un des seuls anciens détenus à être encore ici : on les a gardés comme main-d'œuvre, l'unique activité qui n'a pas changé. Récemment, l'État a fait construire un bâtiment médical près de l'entrée et, profitant de l'ouverture quasi simultanée des nouveaux établissements, ils ont vidé la Vieille Centrale de ses condamnés à perpétuité pour y accueillir des malades : paralytiques, spasmophiles, cancéreux, cardiaques, sidéens et autres dingues dont l'hôpital psychiatrique ne voulait pas, estimant qu'ils étaient certes dingues, mais pas suffisamment, et dont la moitié est sous tranquillisants et tient à peine debout. Donc, à présent, une nouvelle espèce peuple la Vieille Centrale, certes des prisonniers, mais pas vraiment des détenus – sans loyauté, sans personne pour défendre leurs droits, ni aucun sentiment de solidarité. Du haut de son échelle, Oscar Lincoln les regarde passer cahin-caha, et secoue la tête. Stansky les trouve minables, et même si Alex ressent de la pitié pour eux, il ne peut s'empêcher d'être d'accord sur un point : le passé est bel et bien révolu.

Les sous-sols de la prison sont parcourus de galeries. On dit qu'il s'agissait jadis d'une mine de charbon, vaste réseau sous-terrain antérieur à la prison. Quoi qu'il en soit, il y a des galeries, et en hiver, quand la neige ou le gel commencent à fondre, on devine leur tracé sous la surface. Il y a l'ancienne galerie d'extraction, un étroit passage qui part du poste de surveillance et va jusqu'à la cantine et le bloc cellulaire n° 1. Elle servait autrefois de circuit d'intervention ou de retrait pour les surveillants en cas d'urgence. La galerie menant au bloc cellulaire n° 3 s'est désormais affaissée. Des galeries d'aération permettent le passage de canalisations d'eau, d'eaux usées, de chauffage et de conduits électriques d'un bâtiment cellulaire à l'autre, mais la plupart de ces tunnels sont fermés depuis qu'ont été installés les nouveaux systèmes de plomberie et d'électricité ; les surveillants subalternes de l'équipe de jour sont les seuls à descendre dans les galeries encore praticables, pour contrôler la présence éventuelle de chats : la prison est envahie de chats sauvages ; pendant les mois d'hiver, ils se protègent du froid dans les galeries ruisselantes.

Alex, Stansky et Lincoln ont déjà tous été dans les galeries, Lincoln plus que les autres à cause de son savoir-faire en matière de plomberie. Mais cela aussi remonte à plusieurs années, avant qu'ils ne construisent les nouveaux blocs cellulaires. Sauf qu'ils n'ont pas à proprement parler construit de nouveaux bâtiments : ils ont plutôt aménagé les anciens ; c'est-à-dire que le mur extérieur est d'origine, mais à l'intérieur s'élève sur quatre étages un nouvel édifice distinct, comme une boîte à l'intérieur d'une boîte. L'espace étroit entre les deux sert désormais de chemin de ronde et de passage pour les canalisations.

C'est là que Stansky avait vu le chat. Avançant nonchalamment, ni perdu ni particulièrement curieux ou craintif, il ne pouvait que venir – et sortir – par la porte métallique verrouillée à l'extrémité de ce passage. Toutes les cellules donnent, à l'intérieur, sur les paliers centraux, et par une fenêtre en plastique épais au fond de chacune d'entre elles, sur le passage, les canalisations et le chemin de ronde ; ou, selon son emplacement par rapport aux hautes fenêtres à barreaux de l'ancien mur, la cellule donne aussi sur le préau, et sur un morceau de ciel. Donc, ce passage est éclairé, et ce chat d'un blanc crasseux, maigre et mangé par les vers, avançait tranquillement ; selon Stansky, Lincoln et lui avaient commencé à creuser moins d'une heure après à côté du chambranle de la fenêtre dans la cellule de Lincoln.

« Alex, tu es là depuis trop longtemps », lui dit Stansky sans ambages hier lorsqu'ils se croisèrent dans le préau. Stansky est plus petit mais plus lourd qu'Alex, et avec ses quarante et un ans, il a dix ans de plus. Des trois, Lincoln est le plus jeune et le plus charmeur, plus noir que noir et beau comme une star de cinéma, tandis que Stansky, dur, bruyant et coléreux, a le dessus du crâne chauve et une bande de cheveux couleur de blé sur les tempes grossièrement coiffés en arrière et attachés dans la nuque. Le nez de Stansky est plat et ses dents sont cassées, mais la caractéristique la plus frappante de son visage taillé à la serpe, c'est le bandeau noir qu'il porte sur l'œil, accroché façon pirate au-dessus de sa pommette rougeaude. « Alex, mon pote, dit-il. Tu te souviens de la vieille galerie d'extraction sous le nº 1 ? »

Alex se souvenait. Ils l'avaient bouchée au niveau du poste de surveillance quand ils avaient rénové la prison. Dans la foulée, on leur avait fait fermer une partie des accès aux anciennes galeries d'aération entre le bloc cellulaire n° 1 et le bâtiment médical, le long du mur ouest.

Puis Stansky lui parla du chat.

« Ce chat avait dû passer par la vieille galerie. Y a pas d'autre moyen. C'est comme ça que j'ai su qu'il y avait une trappe dans le passage derrière les cellules, et qu'un con de flic avait dû la laisser ouverte. »

Il y a des années de cela, Alex, Stansky et Lincoln s'étaient évadés par la vanne de l'écluse, après avoir œuvré tout l'été pour scier les barreaux sous l'eau avec une scie à métaux rouillée ; ils étaient neuf en tout à s'être glissés l'un après l'autre dans l'eau glacée de la tranchée d'irrigation, qui encore aujourd'hui traverse la prison. Sauf qu'à présent, la sortie est clôturée, et l'écluse elle-même a une vanne à triple barreau. Ils étaient neuf à être passés sous le mur, mais Alex n'était qu'à un pâté de maisons de là, trempé jusqu'aux os et rampant dans un jardin du voisinage, lorsqu'on le rattrapa.

Le voilà, le prix à payer. Ce n'était pas tant la liberté que le rêve qu'on perdait. Tout ce travail soigné et intense, et ce précieux moment de délivrance, dans l'eau, flottant sur le dos le long de la canalisation qui passait sous la rue à l'extérieur et traversait le quartier, puis remontant à la surface pour respirer sous un ciel de monde libre, voulant hurler et pleurer et enlacer la première personne venue.

Même s'il n'avait nulle part où aller. Alex avait passé la moitié de sa vie en institution comme pupille de l'État, sa mère ayant abandonné fils et mari, et son père, cheminot, étant absent lorsqu'il travaillait, et soûl le reste du temps. Sans frère ni sœurs, Alex connut le vol ; il connut aussi l'héroïne, devint accro très jeune et quitta la maison, refusant de continuer de subir les coups de son père. Il tua un homme le jour de ses dix-huit ans, après avoir fugué du centre d'éducation surveillée. Une maison près du club de loisirs – Alex était sur un coup, un patron de la pègre avec un coffre plein d'espèces –, mais ce n'était pas la bonne maison, pas le bon pâté de maisons, et Alex perdit la tête. Il tira sur l'homme et sur sa fille parce que la peur le rendait fou, et qu'il avait désespérément besoin d'argent et du soulagement que cela lui aurait procuré.

« On a besoin de toi, Alex. On doit creuser vite, et on a besoin de tes bras, lui avait dit Stansky hier dans le préau, en souriant et en plissant les yeux, assis avec Alex et Lincoln sur les gradins près du banc de musculation où Alex a l'habitude de s'entraîner. La vieille galerie qui longe le mur ouest, près de la tour n° 11. Oscar et moi, on a déjà déplacé six pavés, trois de plus demain soir et on est sous la pelouse à l'extérieur. Le moment venu, il faudra faire vite, un qui creuse et deux qui dégagent les gravats dans le tunnel. On peut pas savoir quand ils remarqueront que la trappe est ouverte. »

Le prix à payer, c'était aussi la punition. Quand ils vous envoient au trou – sans privilèges, sans exercice, sans lumière du jour –, c'est un morceau de vous-même que vous perdez, parfois à cause de la peine, mais surtout à cause de la colère. Après l'évasion par l'écluse, Alex passa un an au trou. Les surveillants revêches, la nourriture infecte, le bruit : la seule chose qu'il voulait, c'était une seringue, la possibilité de s'abandonner complètement.

Et Stansky avait dit : « Retrouve-nous ici demain soir, après la tambouille. »

La tambouille est à 18 heures. L'appel, à 22. Trois, quatre heures pour creuser librement. Suffisant, se dit Alex, si tout se passe comme prévu.

Mais peu de temps pour s'évader. Lorsqu'ils manqueront à l'appel, les recherches seront lancées ; il y aura des chiens, des barrages routiers, cent hommes armés ; la vieille sirène retentira et la moitié de la ville participera à la battue. Il fera nuit, et froid. Il n'y aura rien à manger, sans doute pendant des jours. Seul, Alex sera assailli par ses démons, mais voyager avec Stansky pourrait être pire : Stansky est capable de tout, et aurait peu de scrupules pour obtenir sa liberté coûte que coûte.

Et Stansky avait dit, en tapotant avec Lincoln le bras d'Alex alors qu'ils se levaient pour partir : « Alex, mon pote, tu es enfermé depuis trop longtemps. La rivière ou les montagnes, à toi de choisir. »

La rivière ou les montagnes. Il y a bien une autoroute qui traverse la ville, une ligne de chemin de fer, mais les deux seront surveillées. Donc, c'est la rivière vers l'est, ou les montagnes vers l'ouest.

Alex monte sur les gradins et s'assied. La douceur du temps est inhabituelle pour l'hiver. Le ciel du soir est chargé de nuages, l'air est lourd et humide ; Alex aime ce coin du préau. Au-delà de l'étendue du terrain de sport et par-dessus le mur, il peut voir les hauteurs nues des arbres – peupliers et sycomores –, il y a des rues tranquilles là-bas, des maisons où des gens vivent. Vers le sud, au-delà du couloir de la mort et du bloc n° 3, d'autres arbres se dressent dans le parc et le long de la rivière. Et les dimanches d'été, les familles viennent au parc, les enfants jouent, il y a parfois des groupes de rock ou de country, et l'odeur de feux de camp et de barbecues est portée par la brise. Alex pourrait courir là-bas avec Stansky et Lincoln, jusqu'au parc vide et sombre en cette période de l'année, traverser les rails du chemin de fer et gagner la rivière ; et s'ils arrivaient à supporter l'eau glacée pendant assez longtemps, ils pourraient sortir de la ville.

Cela fait dix ans ce mois-ci qu'Alex est en prison. Et pourtant, il y a encore des moments où tout cela lui semble irréel, cet instant qui précède le lever du soleil, entre les rêves du monde libre et la réalité de sa cellule – comme s'il se réveillait en plein cauchemar, jour après jour il n'en croit pas ses yeux, et il souhaite être quelqu'un d'autre. Et parfois la nuit lorsqu'il ferme les yeux, il a peur de ce qu'il voit – dents, luisants crocs blancs, mâchoires de monstres hideux – , et il se demande s'il est en train de perdre l'esprit, s'il est maudit, si ces visions sont annonciatrices de ce qui l'attend. Et il voit l'homme par terre, son crâne fracassé par la balle, la fille étendue à côté de lui, la bouche ouverte et les yeux dans le vide. Et Alex pense... plus de temps, encore des années... dans une autre vie, peut-être lui pardonneront-ils.

Il est 18 heures passées. Stansky et Lincoln sont en retard, mais Alex les aperçoit à présent qui tournent à l'angle du bâtiment. Il sait ce que va dire Stansky : « Alex, tu es enfermé depuis trop longtemps. Tout ce qu'il nous reste à faire, mon frère, c'est creuser. Un mètre cinquante, un mètre quatre-vingts, et on peut rentrer chez nous. »

Mais Alex n'a pas de chez lui. Il n'a personne, nulle part. Cette pensée l'ébranle, comme s'il venait de s'en rendre compte pour la première fois. Alors qu'il regarde Stansky et Lincoln s'approcher, il prend conscience de la pression dans sa poitrine ; il s'imagine submergé dans le courant rapide de la rivière, déboussolé, sans air. Voilà le prix à payer, pense-t-il, l'ultime défaite : piégé, humilié pendant des années, vous portez en vous la culpabilité, la colère, votre vie qui vous étouffe, même en dehors de prison, et c'est comme une maladie. Et il n'y a personne.

Lincoln risque de s'en tirer. Stansky dévalisera la première banque venue, Alex le sait, mais Oscar Lincoln a de la famille à Los Angeles. Lincoln, crâne rasé, grand et dégingandé, qui aime dire à Alex d'une voix suave et avec son sourire étincelant : « T'es sympa pour un Blanc », lui a proposé plus d'une fois de l'aider à trouver un endroit où crécher si un jour ils sortaient, mais Alex n'y a pas beaucoup prêté attention. Non, sans doute tenterait-il seul sa chance, il descendrait la rivière, puis traverserait la plaine jusqu'à une ville proche et volerait une voiture. Voler des vêtements, une voiture, aller de ville en ville, toujours exclu. Même Lincoln qui a un foyer ne peut pas y aller, s'il veut rester libre ou en vie.

Alex descend des gradins. Stansky sourit et déambule décontracté dans le préau, tandis que Lincoln à ses côtés est relax comme à son habitude, même s'il marche pour une fois sans rouler des mécaniques. Alex attend, debout bien droit pour les accueillir. Il doit décider. Il sait que sa place est ici, c'est ça la différence ; il en est intimement convaincu, et sait qu'il ne doit pas gaspiller les jours et les mois et les années qui lui restent à vivre, en fuite. Ou il peut partir ; il peut creuser sous le mur et s'évader ce soir, braver la rivière, puis suivre Lincoln, ou se débrouiller tout seul : il est certain que la prison a changé, et sans Stansky et Lincoln il serait seul ici, un monstre parmi les monstres. Il a peur de partir mais plus encore de rester : il risque de mourir ici, d'arriver à la fin de sa vie en étant conscient de ce qu'il a raté, ou, pire, conscient de ce qui l'attend ; d'une façon ou d'une autre, il doit se débarrasser de ces visions ; plus que tout, il doit effacer ce qu'il voit lorsqu'il ferme les yeux.

Le voyage

« En tout cas, dit Dwight, je suis là en train de faire du stop sur la route 50 en pleine tempête de neige. Je n'ai aucune idée de l'endroit où je me trouve. Je crois que je suis près de Gunnison, et la température baisse et le vent souffle, et pile au moment où je suis sûr que je vais mourir de froid, voilà un mec qui se pointe dans une Buick en ruine. Putain, je suis tellement content que je me mets à chialer quand le gars s'arrête. Je veux dire, il doit faire moins vingt et c'est la première voiture que je vois depuis une heure ! Donc je frissonne de la tête aux pieds, j'arrache pratiquement la poignée de la portière et je dis au gars : "Monsieur, vous TOMBEZ DU CIEL." C'est alors que je remarque qu'il y a un truc qui cloche dans cette voiture. Y a pas de différence entre l'intérieur et l'extérieur. Y a une soixantaine de centimètres de neige sur le siège avant, et ce type a l'air de l'abominable homme des neiges en personne, entièrement couvert de glace, avec une cagoule de ski et des lunettes de protection. J'arrive pas à le croire, y a pas une vitre dans cette caisse, pas même un pare-brise ! »

Toni ouvre la porte d'entrée. D'un coup de pied elle dégage la neige sur ses bottes et pénètre à l'intérieur, un sac en papier serré contre la poitrine. Jarrold se lève pour l'aider, mais elle marche droit vers la cuisine.

« Toni, dit Jarrold, tu ne devineras jamais ce qui est arrivé à Dwight en venant ici.

– Oh ? » dit Toni. Elle enlève son anorak et commence à fouiller dans son sac à provisions. Elle en ressort un pack de six bières, des boîtes de thon, une miche de pain. C'est pour cela qu'elle était sortie, pour la bière et le thon, vraisemblablement la nourriture favorite de Dwight. Une demi-heure plus tôt, lorsque Dwight était apparu, elle avait pris son manteau en lui disant de s'asseoir, comme si elle le voyait tous les jours. Puis elle était allée à l'épicerie.

Jarrold va chercher une bière pour Dwight. Jarrold boit rarement de la bière en hiver, mais elle semble tellement bonne qu'il s'en ouvre une. De plus, l'occasion est exceptionnelle : Jarrold a déjà entendu parler de Dwight, mais ne l'a jamais rencontré. Dwight était le premier amant de Toni, même si Toni ne l'a jamais clairement dit. Mais ils étaient ensemble au lycée et ensuite par intermittence pendant près d'une décennie. Ne serait-ce que la semaine dernière, elle avait dit en passant à Jarrold qu'il n'y avait eu dans sa vie que deux hommes – Dwight et, naturellement, Jarrold. C'est donc une occasion exceptionnelle, même si Jarrold ne sait pas trop si elle est exceptionnellement bonne ou mauvaise. Il propose une bière à Toni, mais elle refuse. Il lui raconte le voyage de Dwight sur la route 50 le matin même, la tempête de neige qui a bizarrement épargné Crested Butte, la voiture sans vitres. « Vraiment, dit-elle, pince-sans-rire.

– Et il t'a déposé où ? » demande Jarrold de la cuisine. Il tend la bière à Dwight, cherchant à l'attirer dans la cuisine afin que Toni puisse entendre le reste de l'histoire. « Tu es arrivé jusqu'à Gunnison ? »

Dwight se lève du canapé et sort sa chemise en laine de son jean. Il se traîne jusqu'à la porte, pénètre dans la cuisine et s'immobilise près de Toni. Jarrold a du mal à imaginer qu'ils aient pu être ensemble – Toni est grande et souple, avec une peau pâle et légèrement tachetée de son, de longs cheveux blonds, des yeux d'un bleu tendre. Dwight en revanche est trapu et massif. Son visage grêlé et tanné, encadré par une barbe sombre et broussailleuse, semble trop petit pour sa tête, et il a tendance à voûter ses épaules et à se balancer en marchant, comme un ours.

« Ouais, on y est arrivés, à Gunnison, dit Dwight. Cela dit, quel voyage. Moi, je suis allongé sur le sol de la voiture près du chauffage, qui marche. Mais la radio est à fond, de la country, et je ne sais pas ce qui est pire, le froid ou la musique. On ralentit finalement et je me redresse pour voir où on est. Pendant tout ce temps, le type n'a pas dit un mot, mais là il dégage un peu de neige de sa cagoule de ski et me demande où je vais. "Crested Butte, je lui dis. Au nord d'ici, à cinquante bornes." Moi, je pensais qu'il allait continuer vers l'ouest sur la route 50 et que je descendrais là, au centre de Gunnison. Ce qui est parfait pour moi, parce que je dois absolument me réchauffer dans une station-service ou un magasin, enfin un endroit avec des fenêtres.

« Mais le gars continue. Je suis sur le point de dire quelque chose quand tout d'un coup il se gare devant une banque. "Je t'emmènerai là-haut", qu'il me dit – comme si Crested Butte était sur son chemin, comme si cinquante kilomètres dans cette tempête, c'était rien. Puis, d'un geste, il enlève sa cagoule de ski et ses lunettes et tout. Et c'est Jack Nicholson. J'arrive pas à le croire, mais il est là, Jack Nicholson, avec ses cheveux clairsemés qui se dressent sur les côtés de son grand front, et son sourire bien à lui qui semble dire : Qu'est-ce que t'en penses ? Il rit, hé, hé, et il laisse tomber la cagoule de ski sur le siège. Puis, au ralenti, il mime un pistolet avec sa main, et le visage tordu de concentration, un œil fermé, il vise l'immeuble. "Mais d'abord, croasse-t-il, je dois dévaliser cette banque." »

Toni passe une assiette à Dwight : un sandwich au thon, une petite salade, des chips. Dwight boit une grande lampée de bière. Jarrold attend la réaction de Toni, mais elle s'affaire déjà devant le plan de travail, les mains dans l'évier, comme si l'histoire extraordinaire de Dwight était tout à fait banale. Soudain, Jarrold se sent idiot : ce doit être une plaisanterie, pense-t-il ; la chute ne va pas tarder. Puis il n'en est plus très sûr. Toni se comporte bizarrement, et rien dans l'attitude de Dwight n'annonce la plaisanterie. Subitement, Jarrold comprend que Dwight est une espèce de mec à côté de la plaque : un menteur invétéré peut-être, un fou sous l'effet d'on ne sait quelle drogue, et cela le met quelque peu en colère, contre Dwight, contre Toni, peut-être contre les deux. Si Dwight est cinglé, pourquoi Toni ne l'a-t-elle pas averti ? Pourquoi ne l'a-t-elle pas interrompu, ou ne lui a-t-elle pas donné au moins un indice ? Pour l'instant, il ne voit aucune issue – Dwight l'observe, un sandwich dans une main et une bière dans l'autre.

« Donc... ce type qui ressemblait à Jack Nicholson, dit Jarrold. Il l'a vraiment dévalisée, cette banque ? »

Dwight sourit. Il pose sa bière sur la table et prend une énorme bouchée de son sandwich – presque un quart –, si grosse qu'il doit enfourner d'un coup de pouce sale les morceaux qui dépassent au coin de sa bouche. Il mâche pendant une minute, puis avale suffisamment pour pouvoir parler.

« Difficile à dire. S'il avait eu l'intention de la dévaliser, pourquoi enlever la cagoule, avec un visage aussi reconnaissable ? »

Jarrold ne sait pas quoi répondre. Dwight avale, puis scrute sa canette de bière. Jarrold ne sait pas comment poursuivre. Quoi qu'il dise – il s'en rend compte –, cela risquerait de provoquer un affrontement ou de paraître faux et condescendant ; il décide donc de se taire. Le silence devient gênant. Dwight prend quelques chips, mastique bruyamment, jusqu'à ce que Toni finisse par lui demander tout en s'essuyant les mains à un torchon s'il veut une autre bière, ce qui est bien le cas. Elle regarde Jarrold, et tapote sa montre d'un doigt. « On a un restaurant à faire tourner », dit-elle. Ce qui – et pour l'avoir sorti de cette situation, Jarrold lui témoigne silencieusement sa gratitude – est vrai.

Le restaurant est situé non loin de là, au pied des pistes. La ville de Crested Butte est à peine plus grande qu'un village avec une rue principale, qui fut jadis un campement minier sur les hauteurs des Rocheuses du Colorado. Mais le domaine de ski de Mount Crested Butte est en soi une florissante communauté, une agglomération en pleine expansion d'immeubles en bois et de magasins pseudo-chic nichés au pied de la montagne. Il y a les habituels hôtels-chalets et restaurants de base, mais il n'y a qu'un endroit parmi eux où l'on peut entendre un groupe de musiciens de jazz tous les samedis et dimanches, et c'est au bar du restaurant que Toni et Jarrold ont ouvert la semaine avant Noël, il y a trois mois de cela.

Tout est nouveau pour Jarrold, ce restaurant, cette ville, ces montagnes. Un an plus tôt il était encore à Philadelphie, ébranlé par un divorce déchirant, encore vice-président de Penn Chemical et à peine capable de se traîner chaque jour jusqu'à son bureau. Il était allé une fois dans le Colorado pour les sports d'hiver, et avait aimé. Il saisit donc sa chance, vendit tout ce qui ne rentrait pas dans un sac, déménagea ici pour de bon. Ce n'était pas facile, de changer de monde, de lancer ce restaurant avec ses derniers deniers. L'ironie, c'était que sa femme, une prof de fitness avec un nouveau boulot et un nouvel amant en Floride, avait demandé le divorce sous prétexte qu'il était trop raisonnable, trop vieux jeu, à tout jamais coincé dans sa routine étroite et ennuyeuse ; elle affirma que jamais il ne quitterait ni Philadelphie ni la société chimique de son père. Une serveuse dans un autre établissement en ville – une femme plus connue à Crested Butte pour ses talents d'alpiniste et de skieuse et pour avoir été la première personne à s'élancer en Deltaplane du haut de Mont Crested Butte – lui souffla l'idée du restaurant ; il s'avéra qu'elle habitait la cabane à côté de la vieille maison victorienne qu'il venait d'acheter. Au printemps dernier, Jarrold loua le terrain au pied des pistes, et engagea une équipe pour construire le restaurant. En octobre, Toni démissionna de son poste de serveuse, vendit sa cabane et s'installa dans la pièce au fond de la maison de Jarrold ; un mois plus tard, avant qu'il ne puisse l'embaucher dans son chic, nouveau restaurant avec son bar à jazz, elle l'épousa.

Donc, Toni aussi est nouvelle pour lui. Il sait peu de chose sur son passé et elle sait peu de chose sur le sien. Mais cela semble faire partie du mode de vie ici : les montagnes accueillent ceux qui recommencent à zéro, qui laissent derrière eux leurs vieilles histoires dans les villes de basse altitude. Toni avait grandi dans l'Iowa avec une mère coiffeuse et une succession interminable de pères de substitution ; elles déménagèrent toutes deux à Denver, où Toni passa ses années de lycée à souhaiter par-dessus tout que sa mère cesse de boire, afin qu'elles puissent mener une vie normale. Et pourtant, à l'école, Toni avait été attirée par un type comme Dwight, un gars qui ne connaîtrait jamais la stabilité. Une fois son diplôme obtenu, il partit sur les routes, et les années passant Toni cessa enfin de l'attendre et déménagea ici pour changer d'air, trouver un boulot, acheter une maison. Et pendant tout ce temps Dwight traînait ses guêtres sur les autoroutes, envoyant de temps à autre une carte postale d'un obscur coin du monde.

C'est samedi. Le restaurant sera bondé ce soir. Comme d'habitude, Toni est prête avant Jarrold ; tandis qu'il sort de la salle de bains, elle se fait une queue-de-cheval, qu'elle secoue tout en vérifiant son apparence dans la glace. Il lui dit, comme il le fait chaque jour, qu'elle est encore plus belle qu'hier. Habituellement, cette remarque suscite chez elle un sourire ou un commentaire ironique, mais aujourd'hui elle se tripote un bouton sur le visage et se met à jurer lorsque celui-ci commence à saigner. « Donc, qu'est-ce que Dwight... ? » dit-il, en marquant une pause afin de trouver les mots justes pour poser une question dont il n'est pas sûr de vouloir entendre la réponse. Mais, avant qu'il ne puisse poursuivre, elle hausse les épaules et dit d'une voix forte : « Dwight, c'est Dwight », puis le contournant elle pénètre dans la salle de bains.

Jarrold entend Dwight en train de farfouiller dans le réfrigérateur au rez-de-chaussée. Le chauffage se met en marche, et un sifflement retentit dans le silence grandissant de la chambre. Toni sort, s'attarde devant la coiffeuse, se fait une grimace et regarde Jarrold dans le miroir.

« Je ne sais pas quoi te répondre. Tu veux dire qu'est-ce qu'il fait ? Je ne sais pas ce qu'il fait. Parfois, il travaille, parfois, il voyage... il fait souvent du stop parce qu'il déteste les autocars et qu'il n'a pas de voiture. C'est difficile de dire ce qu'il est, ce n'est pas comme s'il était avocat ou facteur ou quoi que ce soit : il n'est rien vraiment. C'est juste Dwight. »

Jarrold réfléchit, et dit : « Tu le défends ou tu l'attaques ? »

Elle s'assied sur le lit. Elle inspire avec incertitude, puis soupire.

« Tu sais quand je l'ai vu la dernière fois ? Il y a trois ans. J'étais à l'hôpital pour une appendicite. Dwight est apparu au milieu de la nuit, puant le bétail, en me disant qu'il arrivait d'un ranch dans le Wyoming, et qu'il avait fait tout le voyage à cheval.

– Jack Nicholson dans une Buick en ruine », dit Jarrold.

Elle hoche la tête, se dirige vers le placard, sort ses bottes, puis continue jusqu'à la commode pour prendre ses chaussettes. Lorsqu'elle se tourne à nouveau vers lui, ses yeux sont pleins de larmes.

« Pourquoi est-ce qu'il te met dans cet état ? »

Elle secoue la tête, ne répond pas.

« Si tu veux qu'il parte, je le mets dehors », dit Jarrold.

Elle cligne des yeux et s'essuie la joue avec une chaussette. Même s'il est satisfait de l'avoir dit, Jarrold se demande comment il ferait pour le mettre à la porte : Dwight doit peser vingt kilos de plus que lui, et il n'a pas du tout l'air empâté.

« Non, c'est pas ça, dit Toni en se rasseyant sur le lit. C'est juste que je me surprends à croire ses histoires, ou à espérer qu'elles soient vraies. Parfois, je me demande même si ce n'est pas lui qui a raison et moi qui ai tort, avec toutes mes techniques sophistiquées pour escalader la montagne, tandis que lui, il vole à travers les nuages et atterrit quand il veut au sommet... En tout cas, il ne restera pas longtemps. Il est venu jeter un œil, s'assurer que je vais bien. »

Elle le défend, conclut Jarrold. Mais pourquoi ? Parce qu'il lui manque ? Ou parce que ce qu'il représente pour elle lui manque ? Sauf que Dwight est un menteur, et le problème avec les menteurs, c'est qu'ils créent une réalité qui leur est propre, et toujours supérieure à la vôtre. Après tout, peut-être ne le défend-elle pas. Peut-être se défend-elle elle-même. Même Jarrold se sent menacé à présent. C'était sa grande aventure : les montagnes, le restaurant, un nouveau mariage. Et voilà Dwight qui arrive avec ses histoires de cinglé, rien que pour les humilier, pour leur montrer qu'ils n'avaient fait que pérenniser leurs vieilles routines en les associant et en les répétant dans un lieu nouveau finalement identique à l'ancien.

La sonnette retentit. Jarrold arrive en bas des escaliers au moment où Dwight ouvre la porte. Hank, un ami, se tient sous le porche ; perplexe, il dévisage d'abord Jarrold, puis regarde Dwight à deux fois, avant de lever lentement la main et de pointer un doigt sur la poitrine de ce dernier. Finalement, il s'exclame « Ouah ! » en claquant des doigts.

« Dwight ! Isla Mujeres. Ça fait quoi – putain ! –, cinq ans ? » Hank serre la main de Dwight avec enthousiasme et pénètre dans la maison. « Eh bien, j'en reviens pas... Tu as toujours ces skiffs qui prenaient l'eau que tu louais aux touristes ? »

Hank, qui fait un mètre quatre-vingt-dix et pèse cent kilos, tient Dwight par les épaules. Il se tourne vers Jarrold. « Ce type m'a sauvé la vie au Mexique. Il m'a aidé à quitter l'île en catimini avant que les flics n'arrivent, ivresse et troubles à l'ordre public, je crois que c'est le terme. » À Dwight il dit : « Tu l'as trouvé finalement, le galion espagnol ? Et la jolie *señorita* ? Hé, au fait, comment tu connais Jarrold et Toni ? »

Dwight explique que Toni est une vieille amie, qu'ils étaient au lycée ensemble il y a très longtemps. Hank, émerveillé, en a les larmes aux yeux. Barman dans un pub du coin, il est venu ici ce soir parce que Jarrold lui propose un travail dans son restaurant, et qu'il doit lui montrer comment ça fonctionne, afin que Hank puisse prendre sa décision d'ici le lundi suivant. Dwight disparaît dans la cuisine et revient avec les deux dernières bières. Toni descend les escaliers au moment où Jarrold met son manteau pour faire un tour rapide à l'épicerie.

Une caisse de bières. Ce sera la contribution de Jarrold à leurs retrouvailles. Il devra bientôt partir avec Toni, mais il n'est pas impératif que Hank voie le restaurant aujourd'hui ; il pourra aussi bien y aller demain. Roulant en direction de la ville, Jarrold songe aux exploits de Dwight au Mexique. Que s'est-il passé avec ses bateaux ? Et la jolie *señorita* ? Et qu'en était-il du galion espagnol ? Et pendant tout ce temps devant la porte d'entrée, Hank – plus âgé et plus costaud que Dwight, l'image incarnée du grand frère – se répandait en compliments et agitait les mains et courbait pratiquement l'échine, comme si Dwight était l'icône d'un passé appartenant à un pays de rêves... et de fil en aiguille Jarrold en vient à se souvenir d'un article qu'il avait lu dans un magazine sur la maison de Jack Nicholson à Aspen, qui racontait que Nicholson y passait une grande partie de son temps quand il n'était pas à Hollywood ou sur un tournage. Or Aspen – Jarrold n'a pas besoin de se le rappeler, mais c'est néanmoins ce qu'il fait – n'est pas loin de Crested Butte, à une vallée de là.

Toni accueille Jarrold à son retour avec son fameux sourire narquois. Avant, ce sourire provoquait chez Jarrold des sentiments mitigés, parce qu'il ne savait jamais à quoi elle pensait à ce moment-là, et aussi parce que ce sourire suscitait en lui le désir immédiat et tout à fait physique de la porter à l'étage pour le découvrir. Quoi qu'il en soit, à présent, il sait qu'il s'agit là d'une expression bien à elle, et en l'occurrence il y voit la preuve qu'elle a trouvé pendant ses dix minutes d'absence la réponse à une question qui la turlupinait, par exemple qu'elle est meilleure alpiniste que parachutiste. Hank y est probablement pour quelque chose, à se montrer servile à l'égard de Dwight et à magnifier ses mensonges. Jarrold pense aussi, tandis qu'il pénètre dans la maison et qu'elle lui prend le bras, qu'elle n'a jamais souri de cette façon à quelqu'un d'autre que lui, que ce merveilleux sourire lui est réservé – mais maintenant Hank hilare arrive et les sépare, prend la caisse de bières des mains de Jarrold, et l'attire dans le salon. « Oh mec, dit Hank en éclatant de rire, il faut que t'écoutes ça ! »

Du canapé où il est assis, Dwight soulève sa veste, qui est posée sur une chaise à portée de main. Jarrold remarque qu'il a enfilé ses bottes et mis son bonnet de laine. Dwight prend la bière que Hank lui tend, et, s'apprêtant à boire, fait un clin d'œil à Jarrold. Ce dernier sait de quelle histoire il s'agit – le clin d'œil de Dwight était superflu –, mais bizarrement ce geste détend l'atmosphère et l'implique dans ce qui va suivre : il a hâte d'entendre la conclusion. Toni s'approche discrètement de Jarrold et lui prend la main.

« Il sort donc de la banque, dit Dwight, en balançant le sac d'argent attaché à son poignet. Je me dis : La vache, peut-être qu'il l'a vraiment dévalisée, et maintenant on ira tous les deux en taule, sauf que lui s'en sortira grâce à qui il est, et moi, on me pourrira à cause de qui je ne suis pas. Donc, je regarde autour de nous, prêt à entendre une alarme ou une sirène ou à voir quelqu'un nous tirer dessus, mais il se glisse calmement dans la voiture et me tend le sac. Je peux pas m'empêcher de vérifier le contenu. C'est bourré de fric. Il doit y avoir, oh, quarante, cinquante mille dollars là-dedans, des liasses de billets. Je lui dis : “Pourquoi dévaliser une banque, un type aussi riche que toi ?”

« “Dévaliser ? Qu'est-ce qui t'a fait penser çaaaaaa ? qu'il me dit, vous savez, avec ce sourire tout en dents et cet accent traînant qu'il a. Tu me prends pour un fouuuuuuu ?” Puis il me dit qu'il achète un ranch près de Crested Butte et que le propriétaire veut une partie de la somme en espèces. Donc, il lui apporte des espèces.

« On prend vers le nord à la sortie de Gunnison, en direction de Crested Butte. La neige cesse de tomber et le soleil se met à briller, et je commence à m'habituer au vent qui me fouette le visage. Je commence même à bien aimer cette vieille voiture bizarre. Je lui dis : “Tu roules dans un tas de ferraille comme ça à Hollywood ?”

« Il rit et me répond que non, son 4 × 4 est tombé en panne à la sortie du col de Monarch, et un gamin lui a prêté cette épave et les lunettes de protection. Puis il me parle de sa maison à Aspen, et des gens riches et ridicules qui vivent là-bas et qui le fatiguent, et comme ce doit être formidable de vivre ici où c'est calme.

« “Donc qu'est-ce que tu comptes faire avec ce ranch, je lui dis, élever du bétail ?”

« “Des yaks, il me dit. Tu sais, ces vaches à poil long qui viennent du Tibet. Je me disais que je me lancerais dans la fabrication de beurre de yak. Je construirai peut-être des yourtes et organiserai des treks à dos de yak dans les montagnes.”

« “Oh”, je fais. Puis on arrive au ranch, qui est magnifique, et le propriétaire est très énervé parce que Nicholson est en retard et que l'agent immobilier et le notaire sont déjà partis et qu'il va devoir à présent les faire revenir. Nicholson me dit : “Allez, j'ai le temps de te déposer en ville.”

« Alors, on roule tranquillement jusqu'à Crested Butte. Je dis à Nicholson que je viens pour rendre visite à une amie mais que je ne sais pas où elle habite, donc on trouve un bar où je peux me renseigner. La serveuse essaie de garder son calme, mais je vois bien qu'elle est gaga devant Nicholson, elle me dévisage comme si j'étais son homme de main ou un cascadeur ou quelqu'un d'important. On commande une bière et Nicholson dit : "Tu t'y connais un peu, en élevage ?" Je lui dis : "Je m'y connais à fond." Il réfléchit une minute, puis dit : "Écoute, je te dépose chez ton amie et je reviens dans deux heures avec un boulot qui vaut sans doute mieux que celui que tu as en ce moment." Je réfléchis une minute et lui dis : "J'ai pas de boulot" ; il sourit et je souris et il m'invite et on retourne à la voiture. Puis on trouve la maison et il me dépose au coin de la rue... »

Dwight boit longuement à la canette, regardant Hank et Toni à tour de rôle. Après quoi il sourit largement et hausse les épaules.

« Et me voici. »

Le silence, comme on dit, est assourdissant. Hank regarde Dwight, ébahi, Toni fixe le sol, et Jarrold semble coincé entre plusieurs réalités contradictoires. Puis tout le monde bouge en même temps : Hank prend une autre bière, Toni dit à Jarrold qu'ils sont en retard pour aller travailler, et Dwight, jetant un œil à sa montre, les informe que Jack va bientôt passer le prendre.

Toni et Jarrold sont sur le départ. Hank n'arrive pas à croire qu'ils laisseraient délibérément filer une occasion de rencontrer Jack Nicholson, avec ou sans restaurant. Toni embrasse Dwight sur la joue. Tandis qu'elle ouvre la porte, elle lui dit de prendre soin de lui, d'une voix qui révèle que cette scène lui est familière, et le soupir exaspéré qui lui échappe laisse entendre que des années passeront sans doute avant qu'ils ne se revoient, et que c'est peut-être mieux ainsi.

Dwight sourit et la remercie pour le déjeuner. Il serre la main de Jarrold. « À un de ces quatre », dit-il.

Lorsque Toni souhaite penser plutôt que parler, elle baisse la tête. Son regard ne se perd pas à l'horizon, elle ne s'isole pas dans une chambre ; elle baisse la tête et fixe le sol, ou ses genoux. Cette attitude est traversée d'émotions variées : Jarrold l'a déjà observée le nez dans un livre dont elle ne tournait pas une seule page après une bonne conversation téléphonique avec sa mère, puis le lendemain, dans un accès de colère froide, brûler le tapis à cause d'un chèque sans provision ou d'un client odieux. Et donc, dans leur Jeep, alors qu'ils se dirigent vers les pistes, Jarrold conduit et Toni scrute ses bottes. Le trajet jusqu'au restaurant dure cinq minutes, ce qui, Jarrold s'en rend compte, ne laisse pas beaucoup de temps à Toni pour mettre ses idées en place. Quelle étrange personne, ce Dwight. Comment arrive-t-il à s'y retrouver dans tous ses délires ? Comment, se demande Jarrold, a-t-il pu pendant toutes ces années éviter de se faire enfermer d'une façon ou d'une autre ?

Dans la côte à mi-chemin, la route dessine un coude. De cette hauteur, ceux qui descendent en provenance du domaine skiable ont une vue panoramique de la ville. Jarrold a pour habitude de regarder son rétroviseur à ce moment-là, autant pour vérifier la circulation derrière lui que pour jeter un coup d'œil rapide aux immeubles, qui de cette hauteur ressemblent à des jouets, et les voitures à des scarabées en rang d'oignons dans le village tout blanc. Les dernières neiges datant d'il y a dix jours, de nombreux toits et tous les véhicules exhibent timidement leur peau originelle. Voilà pourquoi il aperçoit immédiatement dans son rétroviseur la voiture qui quitte la route pour pénétrer dans la ville : elle est couverte de neige, au moins trente centimètres à l'arrière, comme si elle sortait juste d'une tempête. Toni se raidit tandis que Jarrold se range sur le bas-côté et s'arrête. « Y a un problème ? » demande-t-elle, tournant la tête pour voir ce qu'il voit. Mais la voiture a disparu. À sa place, ou du moins, là où elle devrait être, se trouve une camionnette noire. Jarrold attend, balayant la route et la ville du regard, sans relever la moindre trace de la voiture pleine de neige ; la rue devant leur maison est vide.

Toni le regarde. Elle a son sourire narquois, et Jarrold se demande à nouveau à quoi elle pense. Mais cette fois-ci, il perçoit dans ses yeux une étincelle ludique, et il se rend compte soudain qu'elle le soupçonne de lubricité routière : une fois, même si ce n'était pas exactement à cet endroit, il s'était arrêté et l'avait tripotée dans un élan de rires et de désir. Elle sourit alors vraiment, et elle lève les bras comme pour se défendre. Lorsqu'il tend les mains vers elle, elle les repousse et lui saute dessus en gloussant. Il est difficile de conduire dans cette position, mais il réussit à trouver la première vitesse et à faire avancer doucement la Jeep sur l'accotement. Avant de regagner la route, il regarde une toute dernière fois dans le rétroviseur. Aucune Buick en ruine à l'horizon.

Et pourtant, il aurait juré...

L'entretien

Socorro, Nouveau-Mexique. Nous décollâmes de l'aérodrome situé à l'extrémité de la ville. L'avion était un robuste petit bimoteur, plus grand et plus fiable en apparence que la plupart des appareils de ce genre, avec un solide train d'atterrissage tricycle équipé de pneus tout-terrain. Des traces d'huile noire maculaient les moteurs, et sous les hublots de la cabine, la peinture du fuselage s'écaillait ou avait complètement disparu, comme décapée à la sableuse. Une vieille côte de bœuf, comme il l'appelait, c'était un antique Beech. En grimpant dans la cabine privée de sièges et qui puait la sueur, j'eus l'impression de monter à bord d'une vieille camionnette de paysan, et non à bord d'un avion. Nous décollâmes bruyamment et virâmes à droite, pénétrant laborieusement un ciel sans lune au-dessus de l'autoroute qui mène, au sud, à Truth or Consequences. Vingt minutes plus tard, à trois mille mètres d'altitude et temporairement convaincue que ce tas de ferraille ne tomberait pas du ciel dans une tempête de boulons et d'écrous, je me détendis un peu, sortis un stylo et maintins mon cahier dans la lueur du tableau de bord.

« Qui te paie ? dis-je. Les réfugiés ?

– Non. L'Église. Le temps qu'ils arrivent jusqu'à moi, les réfugiés ont déjà payé. » Il se pencha en avant et tapota la jauge de carburant qui était à zéro.

« Ils ont payé qui ? dis-je. Des Mexicains ?

– Ouais. La plupart des réfugiés viennent des camps du Chiapas le long de la frontière guatémaltèque. Ils travaillent, économisent ce qu'ils peuvent, paient leur dernier *quetzal* ou *peso* à un réseau mexicain qui les fait passer au nord.

– Et toi ? Combien tu te fais ? »

Il me regarda. « Assez.

– Une somme fixe ? Par tête ?

– Cinq cents par tête. Plus les frais, l'essence et l'entretien. »

Entretien... je me demandai combien cela pouvait coûter de faire voler ce ptérodactyle. Il n'y avait pas le moindre équipement avionique digne de ce nom à bord de cet engin, ni radar avec écran couleur ni système de radionavigation – je n'étais même pas sûre que les commandes de vol fonctionnaient, car il n'avait pas touché la radio depuis notre départ ; il semblait naviguer à vue en se repérant aux lumières éparses des ranches au sol, à travers le brouillard orange qui flottait au-dessus d'El Paso, visible par le hublot côté gauche.

« C'est vraiment pas des masses, hein ? Pour risquer ta vie ? »

Il renifla. Il avait enlevé ses lunettes de soleil bon marché sur la piste de Socorro, mais je n'arrivais toujours pas à discerner la couleur de ses yeux – bleus, devinai-je, même s'ils étaient grands et tristes et semblaient gris dans la faible lumière du poste de pilotage.

« C'est mieux que de travailler, dit-il. Cinq, six voyages par mois, ça s'additionne.

– Et l'aventure ?

– Ouais, y a l'aventure, l'excitation, tout ça. Mais on s'y habitue à la longue. Parfois, c'est comme de conduire un car, faire des allers-retours. »

Je regardai son bras maigre, sa main aux doigts longs et noueux posés en éventail sur la cuisse de son jean élimé, ses jointures et ses ongles noirs de graisse comme s'il venait juste de réparer un moteur. Soudain, j'aurais voulu être assise sur un parachute, ou en avoir un attaché à ma poitrine comme les portaient jadis les pilotes de chasse.

« Où as-tu trouvé cet avion ? dis-je.

– À Tucson. Je l'ai retapé et rapporté chez moi. Mon père pilotait le même.

– Ton père ?

– Ouais, il transportait de la came. Il empruntait ce couloir. »

Bizarrement, j'avais du mal à l'imaginer avec un père. Je ne le voyais pas non plus orphelin, mais, grand et tanné comme il l'était, je concevais difficilement qu'il ait pu un jour être enfant, et répondre à un parent.

« Il est où maintenant ? demandai-je.

– Nulle part. Il s'est viandé dans le Sud, un accident au décollage. Il était avec un autre mec dans un D-18 modifié, et quelqu'un avait dû mal ajuster le réservoir supplémentaire dans le nez. Quand il a rentré son train, ça a explosé... »

J'attendis qu'il continue, mais, passant la main sous son siège, il en sortit une lampe de poche, éclaira sa montre, puis regarda vers la gauche. « Le Mexique », dit-il.

Il n'y avait rien en dessous de nous, ni lumière ni la moindre indication de frontière. J'avais froid aux pieds, et je regrettais de ne pas avoir mis des chaussettes plus épaisses.

« Donc, dis-moi, comment tu as perdu tes dents ? » dis-je.

Il sourit, ses lèvres découvrirent l'espace vide dans sa bouche, et il sembla soudain vieillir d'une décennie.

« C'était ma deuxième mission. J'avais un 182 à l'époque, un petit monomoteur Cessna, et dès l'approche j'ai été pris dans un vent de travers et je me suis planté dans les buissons près de la piste. Les Mexicains ont adoré. Ils ont trouvé mes dents le lendemain enfoncées dans le tableau de bord. Ils ont scié l'avion en mille morceaux et l'ont emporté sur des *burros*.

– Pas de police ?

– Pas là-bas. »

Où ça ? me demandai-je, imaginant une armée d'ânes portant des morceaux d'avion sur leur dos, descendant une pente glissante dans le brouillard de la jungle.

« Pas d'autres accidents ? »

Il secoua la tête.

« J'ai beaucoup entendu parler de trafiquants qui se font tuer parce qu'ils volent trop bas, ou parce qu'ils sont à court de carburant, ou des trucs dans le genre.

– Ouais, tu sais, les problèmes en avion, ça va très vite. T'as pas beaucoup de temps pour réfléchir, donc t'as pas le droit à l'erreur. Surtout s'il y a pas beaucoup d'air entre toi et le sol.

– Tu connais d'autres cas ? dis-je.

– Bien sûr. Des mecs comme mon père. Il volait avec une bande de types qu'ils appelaient la Clovis Air Force, dans les environs de Clovis et de Tucumcari.

Ils étaient quatorze, mais il reste plus que la moitié maintenant.

– Morts ?

– Morts. »

Il dirigea le faisceau de lumière de sa lampe de poche sur le compas, puis sur une jauge.

« Parle-moi un peu plus de ton père, dis-je.

– Qu'est-ce que tu veux savoir ?

– N'importe quoi. D'où venait-il, comment vivait-il ?

– Je le connaissais pas trop bien. Presque tout ce que je sais, je l'ai appris de ses amis ou de ma mère. Il venait de la côte Est, et je crois qu'il était détective privé avant de devenir trafiquant. Il n'a jamais épousé ma mère, mais il ne touchait pas aux autres femmes non plus. C'est juste qu'il était pas souvent à la maison parce qu'il était toujours en mission.

– En mission ?

– Ouais, il rapportait de l'herbe de Guerrero et redescendait à Guadalajara avec des postes de télé. Des trucs comme ça.

– Et tu étais au courant ? Je veux dire, tu savais comment il gagnait sa vie ?

– Eh bien, oui et non. J'étais plutôt jeune, j'avais sept ou huit ans à l'époque. Mais je savais qu'il faisait un truc illégal, ou du moins quelque chose dont il ne fallait pas parler avec les autres gosses. Même s'il passait pour une sorte de héros, à transporter de l'herbe pour les hippies. Il n'a jamais livré de coke, ni d'héroïne, ni de saloperies dans ce genre.

– Et ta mère était d'accord avec tout ça ?

– Bien sûr. Elle était hippie elle aussi, une fille de Los Angeles, elle participait à des *love-in* et tout. »

Je dis : « Et c'est pour ça qu'on t'a appelé Merk ? » À San Antonio, lorsque l'association de l'Église m'apprit que j'allais rencontrer leur pilote, j'avais immédiatement pensé à un capitaine aux cheveux poivre et sel, beau et élégant. Mais le pilote qui se présenta à la porte de mon motel à Socorro était jeune, une bonne vingtaine, empoté comme un adolescent, arborant un sourire tordu et édenté. Il m'a tendu la main en me disant qu'il s'appelait Merk, M-E-R-K.

Il me jeta un regard dégoûté qui semblait me supplier de laisser tomber l'affaire.

« Laisse-moi deviner, dis-je. Tu es un gamin des années 1960, de la génération des "Moon-Unit", donc ta mère t'a appelé Mercure. Mais toi, tu as changé le "c" en "k" pour limiter les dégâts.

– Pas mal.

– Et maintenant, quand on te pose la question, ça te rappelle tous les surnoms idiots que tes camarades d'école primaire te donnaient, auxquels Dieu merci ta mère n'avait pas pensé, même si ça ne changeait rien. »

Il rit, et je pus voir clairement son profil à la lumière qui se réfléchissait dans le pare-brise de son côté : front ridé, long nez aquilin, large bouche se fondant dans ses joues émaciées, un sourire que l'on pouvait facilement croire aimable – et je me demandai combien de petits malins s'étaient récolté un œil au beurre noir pour l'avoir appelé Jupiter ou Uranus, voire Pluton.

« Où est-elle maintenant ? » demandai-je.

Il hésita.

« Elle est encore vivante ?

– Ouais, elle vit toujours. Elle a choisi de ne pas habiter dans ce pays, mais elle va bien. Elle a une maison au Mexique, avec plein d'amis et tout ce qu'il lui faut.

– Pourquoi le Mexique ? »

Il s'appuya contre le dossier de son siège, écarta les jambes et glissa ses genoux sous le tableau de bord. « Elle n'aime pas la vie ici. Elle a le sentiment de ne pas y avoir sa place, après toutes ces années avec mon père, et les flics qui la suivaient partout, qui surveillaient la maison. Elle ne s'est jamais vraiment remise de tout ce truc des années 1960. Tu sais, quand Leary a dit : “Allume-toi, branche-toi et laisse tomber”, elle l'a pris au mot. Le truc, c'est qu'elle n'en est jamais revenue. »

Il vérifia sa montre à nouveau, réduisit les gaz, inclina l'avion vers l'avant et entama une douce descente. Je lui demandai où nous allions et il dit : « Le pays de Tarahumara, les sierras à l'ouest de Chihuahua. » La température dans le poste de pilotage avait baissé d'une dizaine de degrés, et j'avais du mal à me réchauffer avec le léger coupe-vent que je portais.

« Donc, tu fais ça pour l'argent, dis-je.

– Absolument.

– Et tu n'éprouves aucun sentiment particulier envers ta cargaison ? »

Il passa sa main dans ses cheveux coupés en brosse, et ignora la question.

« Comment tu as commencé ? demandai-je.

– Quelqu'un m'a abordé. C'était une bonne affaire, j'ai accepté.

– Pourquoi pas de la drogue ? Tu pourrais gagner dix, vingt fois ce que tu gagnes maintenant.

– La came, c'est fini, t'es pas au courant ? Toute la bonne herbe est cultivée dans ce pays maintenant, donc le truc, c'est la cocaïne, et la cocaïne, laisse tomber. En tout cas, ouais, je pourrais me faire vingt fois plus, mais je pourrais aussi me prendre vingt ans de taule, donc ça vaut franchement pas la peine, tu trouves pas ?

– Peut-être, je dis. Et les clandestins que tu fais venir, et les boulots américains que tu brades, et l'argent des impôts qu'on paie pour s'occuper de tous ces gens ? »

Il se hérissa. « Tu crois à ces conneries ? Ils piquent pas le boulot aux Américains, ils font ce que personne ne veut faire. Tu sais quoi ? Ici, c'est le seul endroit où il y a des flics qui patrouillent à la frontière, le seul pays que je connaisse avec une "patrouille des frontières". Les États-Unis d'Amérique, patrie de la liberté, faites venir à moi vos foules abattues, tu parles, avec des flics et des grillages le long de la frontière, et maintenant ils vont construire un *mur*, nom de Dieu, juste pour protéger nos emplois.

– Alors, quelle est la vraie raison, selon toi ?

– L'élitisme. Le chauvinisme. Sous une bonne couche de rhétorique autour de la dérive sociale et des difficultés économiques des quartiers défavorisés, quand, en fait, on détourne chaque jour des milliards. » Il me jeta un coup d'œil. « Je ne sais pas, moi, le racisme, peut-être.

– Ce qui veut dire que tu partages l'opinion de l'Église, ou de Paix sans frontières, ou de je ne sais lequel de tes employeurs.

– Je ne travaille pour personne. Paix sans frontières règle la note, c'est tout. Et pour répondre à ta question, non, je ne partage pas leur opinion, ils sont plutôt convaincus que la plupart des gens qui viennent du Salvador et du Guatemala sont des réfugiés politiques. Je n'en suis pas si sûr. Si tu veux mon avis, ils sont ici pour la même raison que moi : l'argent. Ce qui est une sacrée bonne raison, parce que c'est l'argent qui fait tourner le monde. Tout le monde travaille pour l'argent.

– Donc, on revient encore à l'argent. »

Il soupira, puis eut un rictus exaspéré. « Comment tu as fait pour me trouver, au fait ?

– J'ai écrit un livre sur les sans-abri, dis-je. Il a bien marché, donc maintenant j'écris un livre sur le problème des réfugiés.

– Et ?...

– Et j'ai entendu parler d'un groupe au Texas qui faisait passer des réfugiés. J'y suis allée et je les ai rencontrés, j'ai dit que je voulais voyager avec une famille de clandestins, entrer dans le pays avec un “coyote” puis poursuivre la route avec eux jusqu'à leur destination finale.

– Donc le groupe en question, c'était Bernie.

– L'ami d'un ami, dis-je.

– Et tu as passé un mois à San Antonio pendant qu'ils enquêtaient sur ton compte. Bernie et Elisa et tous les autres vivent dans la clandestinité comme des espions ou des criminels.

– Paix sans frontières, dis-je.

– C'est ça. Les membres de l'Église – notre gouvernement en a mis la moitié en prison, et l'autre moitié est en fuite. Mais tu sais quoi ? Cette organisation est soutenue, il y a des fonds, beaucoup d'argent, parce qu'il y a plein de gens qui financent leur initiative.

– Et c'est comme ça qu'ils arrivent à se payer les services de quelqu'un comme toi ? Au lieu du premier passeur venu ?

– Hé, y a des mecs qui prennent deux fois plus que moi, et qui font vivre l'enfer aux réfugiés. Ils les font marcher dans le désert, ils violent leurs femmes, ils les font presque mourir de faim, et ils se cassent en les laissant en plan s'ils entendent simplement parler d'un flic à moins de quatre-vingts kilomètres à la ronde. Y a mieux pour arriver en Terre promise, non ? »

Je ne répondis pas ; il tourna la tête vers moi et m'observa avec ses grands yeux liquides. Je voulais l'interroger à nouveau sur ses motivations, l'argent derrière tout ça, mais je gardai le silence.

« Donc, tu écris un livre », dit-il.

J'acquiesçai.

« Ça te rapportera combien ?

– Assez. »

Il sourit, et je pensai : bien joué. Mais je ne lui dis pas que j'avais proposé un pourcentage à Paix sans frontières, et que j'avais déjà payé – ou plutôt mon éditeur avait payé – une somme considérable, d'avance et en espèces, pour le droit de publier cette histoire. Assez pour financer au moins les cinq ou six voyages à venir de leur coyote Merk.

Il tendit la main vers le sol près de son siège, et tourna le bouton du réservoir supplémentaire. Lorsqu'il se redressa, je demandai : « Tu fais ça depuis combien de temps ?

– Presque un an.

– Ce serait idiot de te demander si tu t'es déjà arrêté pour passer la douane en toute légalité, au moins en descendant vers le sud ?

– Ouais, passablement idiot.

– Et au retour, on t'a déjà pris en chasse ?

– Tu veux dire par un Mohawk ?

– Mohawk, Blackhawk, l'appareil qu'ils utilisent, quoi.

– Pas encore.

– Tu ne trouves pas ça bizarre, avec tous les contrôles-radar qu'il y a le long de la frontière, les SDCA, les aérostats ?

– Ouais, peut-être. Mais ils n'ont jamais pris mon père non plus. Ils n'avaient pas les ballons et l'outillage militaire à l'époque, mais ils avaient des SDCA et plein d'autres avions de surveillance. Mon père avait bien plus de pression de ce côté-là que moi : chaque fois qu'il faisait sa visite pré-vol, il trouvait des micros dans son avion. C'est arrivé au point qu'il enlevait carrément le transpondeur et le laissait dans sa voiture avant de décoller, puis le réinstallait à son retour. » Il sourit, et tira sur son nez.

« Qu'est-ce qui te fait rire ?

– Le fait qu'il se soit jamais fait prendre. »

J'attendis, et demandai : « Tu peux me dire pourquoi ? »

Il haussa les sourcils et me dévisagea comme par-dessus des lunettes de lecture. « Probablement la même raison pour laquelle on ne m'a jamais pris en chasse non plus.

– C'est-à-dire ? »

Il rit. « Non, impossible. Si je te le dis, tu décamperas dès qu'on aura atterri et tu rentreras à pied jusqu'à la frontière. Qu'est-ce que tu ferais alors de toutes ces notes que tu prends, tu vas quand même pas écrire la moitié de l'histoire ? »

Nous n'étions qu'à trois cents mètres en dessous de notre altitude de croisière lorsque, visage collé au hublot de son côté, il baissa les volets et amorça un large virage vers la gauche. Nous décrivîmes un cercle à deux reprises, Merk tendant le cou et marmonnant dans sa barbe, jusqu'à ce qu'il se redresse soudain, baisse le train et remette les gaz. Une minute plus tard, il vira brusquement à gauche deux fois de suite, et je pus voir ce sur quoi il s'alignait : quelques pâles anneaux de lumière, six en tout, deux au milieu et deux à chaque extrémité de la piste. C'étaient des lanternes, me dit-il, des lampes – faisceaux dirigés vers le sol produisant d'étranges formes elliptiques – reconnaissables des airs seulement par une personne sachant les identifier.

Il fit une approche très pointue et à la limite du décrochage – comme s'il allait se poser sur un porte-avions – et, dès l'atterrissage, il éteignit ses phares, s'immobilisa au bout de la piste, coupa les moteurs. L'une après l'autre les lanternes disparurent, et tandis que je défaisais ma ceinture, quelqu'un frappa à la porte de la cabine. Je me traînai à l'arrière pour ouvrir, et eus soudain la nausée et le vertige, ressentant maintenant seulement le mal de l'air.

Un garçon qui ne devait pas avoir plus de quatorze ans, vêtu d'un sombrero en paille et d'une veste en cuir sombre, dirigeait la lanterne vers le marchepied que je baissais. Un sosie un peu plus âgé émergea des ténèbres derrière lui et me lança un regard froid, alors que Merk les apostrophait tous deux par leurs noms de la cabine de pilotage. Le garçon s'appelait Joaquin ; son père don Guillermo ; ils formaient tous deux l'équipe au sol, et étaient membres du réseau qui faisait passer les réfugiés au nord.

L'air était plus frais qu'à Socorro, ce qui me fit penser que nous nous trouvions sur un haut plateau ; l'odeur mêlée de pin et de fumée de bois flottait dans la brise. Mais, même si j'étais curieuse de savoir où nous étions, l'idée d'inspecter les ténèbres alentour ne me tentait guère. Certes, je m'étais sentie peu à l'aise dans l'avion, mais au moins ici mon travail me rattachait à la réalité ; c'était troublant de descendre dans cette nuit noire et étrangère : je n'arrêtais pas de penser au fait que je ne parlais pas la langue, et que sans Merk je ne sortirais jamais de là. Guillermo partit, et le garçon me tendit un pot en plastique dont le contenu puait la fermentation – *tesquina*, prononça Merk, une bière de maïs locale, que je refusai, et, espérant n'avoir offensé personne, je décidai d'étancher ma soif à la gourde du poste de pilotage.

Guillermo les fit passer à l'arrière de l'avion. Ils étaient six : trois hommes, une femme et une jeune fille ; la femme portait un bébé attaché dans son dos avec un *rebozo*. Ils étaient indiens ; les hommes maigres semblaient frêles ; la femme avait des yeux minuscules et bridés, un nez épais. Les hommes portaient des *huaraches* avec des semelles en pneu de voiture, des chemises de style occidental et des pantalons qui, malgré leur état – froissés et sales –, semblaient neufs, comme s'ils n'avaient pas encore été lavés. La femme et la fille portaient aussi des vêtements de *mestizo* – blouses et jupes –, et quelqu'un avait affublé la fille d'un pull rose de confection ; tremblante, elle fixait l'avion en se cramponnant à un bout de l'écharpe de sa mère, comme s'il s'agissait là du seul lien qui la rattachait non seulement à sa maison perdue, mais à sa courte vie.

Dans l'avion, ils se pelotonnèrent à l'arrière de la cabine, et Merk dut les convaincre doucement de remonter un peu, étalant une couverture au milieu afin qu'ils s'y rassemblent et que leur poids conjugué soit plus proche du centre de l'appareil. Je pouvais sentir leur peur. Je me demandai si c'était à cause de l'avion – cela devait être certainement leur premier vol –, ou si l'idée d'un futur dont ils avaient sans doute entendu parler mais qu'ils ne pouvaient absolument pas imaginer les effrayait. Merk attacha sa ceinture, et tandis que je remontais le marchepied, j'entendis la fille pleurnicher, puis sentis une main sur mon bras ; le plus jeune des hommes me parla doucement en espagnol, et Merk traduisit : la fille était malade, et avait besoin de sortir. Merk attrapa un sac plastique dans la poche à l'arrière du siège du copilote, mais il était trop tard. « C'est le pire moment du voyage pour eux, dit-il. Après, ils ne sauront pas ce qui se passe. »

Il avait enlevé les sièges de la cabine, m'avait-il expliqué, en partie pour réduire la charge et ainsi diminuer le poids de l'appareil. À présent, je connaissais l'autre raison : peu après le décollage, les trois hommes commencèrent à être malades, et la fille ne semblait pas saisir à quoi servaient les sacs plastique. L'odeur de vomi était envahissante, et je fis tout ce que je pus pour ne pas les imiter. Nous décollâmes et tombâmes brusquement dans le vide, dans une gorge dont on pouvait voir les parois d'une teinte plus sombre que l'horizon ; la piste s'achevait à l'extrémité du plateau, et l'avion s'élança dans une longue courbe descendante pour reprendre doucement de la vitesse et de l'altitude tandis que la sonnerie de l'avertisseur de décrochage crépitait à mes pieds comme un serpent à sonnette. Merk me dit de surveiller l'horizon, car c'était le seul repère pour voler bas, et parfois aussi l'unique façon de déterminer où la terre prenait fin et le ciel commençait ; je tendis la main vers le dos de mon siège, attrapai l'un des sacs plastique et le plaçai entre mes jambes tout en ravalant la bile qui remontait dans ma gorge.

Nous mîmes le cap vers l'est, descendant progressivement vers le haut plateau du désert. Deux des hommes étaient assis en tailleur, le dos appuyé contre les parois de la cabine ; les autres étaient blottis les uns contre les autres ; la fille, couchée en chien de fusil, avait sa tête sur les genoux du plus jeune des hommes. Ils parlaient une langue que Merk ne connaissait pas, un dialecte maya – le *quiché*, pensait-il –, mais le jeune homme et la fille parlaient aussi espagnol, et c'est elle, lorsqu'elle trouva le courage de se redresser pour regarder d'un air inquiet par le hublot, qui m'apprit leurs noms. Elle s'appelait Eugenia, son frère Cipriano ; Luis était son père et Oliviero son oncle ; sa mère s'appelait Guadalupe et le bébé Maria Antonia. J'incitai Merk à l'interroger et Eugenia lui dit qu'elle était contente d'avoir quitté le camp de réfugiés, car ils ne s'y étaient pas sentis chez eux, mais qu'elle n'avait pas aimé le voyage vers le nord, trois jours à l'arrière d'un camion et deux de plus à dos de *burro* dans les montagnes. Je demandai des précisions sur leur pays, pourquoi ils étaient partis, et Cipriano dit qu'ils avaient été attaqués par des *guerrilleros*, et que deux de ses frères étaient morts. Je voulus en savoir plus, mais Cipriano recula dans l'obscurité, où je ne pouvais voir son visage, et Merk s'affaira à la manœuvre, feignant de s'intéresser aux interrupteurs et aux compteurs de son tableau de bord.

Nous gagnâmes la ville de Chihuahua en moins d'une heure, survolâmes les usines et les entrepôts à l'extrême sud, et entamâmes une longue approche vers l'aéroport. Mais au dernier moment Merk tira sur le manche et remonta cap au nord, manœuvre grâce à laquelle il comptait brouiller les pistes de ceux qui surveillaient les allées et venues des appareils mexicains depuis les États-Unis : un petit avion avait atterri à l'aéroport de Chihuahua et un autre avait décollé, des vols de routine sans doute, rien qui puisse éveiller le moindre soupçon.

À deux mille cinq cents mètres, il prit sa vitesse de croisière et se dirigea droit vers la frontière. Il ne faisait désormais aucun doute que nous étions repérés par les radars américains, mais nous naviguions tranquillement en altitude, sans essayer de nous dissimuler en volant en rase-mottes à quinze mètres au-dessus du désert. Je fis passer la gourde et chacun but, y compris le bébé, une fille minuscule qui portait plusieurs épaisseurs de vêtements dans un tissu qui ressemblait à du papier crépon, et un bonnet bien enfoncé au-dessus de ses énormes yeux noirs.

Nous entamâmes une approche lente et normale de l'Aeropuerto Internacional de Juarez, tous feux de position allumés, mais sans radio. La ville était noyée dans la brume, je pouvais à peine distinguer El Paso au nord, et la rivière était dissimulée dans un nuage lumineux. Agenouillée entre les sièges du poste de pilotage, Eugenia observa Merk virer en base et se positionner par rapport aux minuscules petites lumières bordant le terrain d'aviation devant nous, mais lorsqu'il sortit le train, il lui dit de s'asseoir entre ses parents dans la cabine à l'arrière. Nous étions sur le point d'atterrir à l'aéroport de Juarez, et pendant une seconde j'eus l'idée folle et inquiétante que je venais dc mc faire piéger, que j'étais victime d'un coup monté et que ce personnage, Merk, était en fait un *Federale*, une espèce d'excentrique douanier en civil.

« S'ils flippent, dit Merk, fais ton possible pour les calmer. Sinon, reste attachée et garde les yeux ouverts ; dis-moi si tu vois quelque chose. » Il alluma les phares d'atterrissage.

« Comme quoi ? » dis-je. Je voyais beaucoup de choses, et la plupart d'entre elles s'approchaient de nous à toute allure.

« Des tours, des antennes télé, tout ce qui est plus haut que nous et qui bloque notre passage. »

Il n'y avait pas d'antennes, seulement la piste d'atterrissage ; de quoi me parlait-il au juste ? Mais dès l'instant où les pneus touchèrent le sol, il éteignit les phares et les feux de position, mit les gaz, décolla de nouveau, vira à gauche et propulsa l'appareil dans un quartier résidentiel grouillant de poteaux téléphoniques et d'antennes. Quelqu'un geignit derrière moi, mais je ne pus me tourner pour voir : les volets étaient à moitié sortis, il n'avait pas encore rentré le train et, même si j'avais vaguement conscience de la direction que nous prenions, j'étais certaine qu'il ne le tenterait pas, et qu'il prendrait vers le désert à l'est.

« Qu'est-ce qu'ils font ? » cria-t-il.

Je jetai un œil à l'arrière de l'appareil. « Rien. Ils prient, je crois. »

Il hocha la tête. « Chamizal », dit-il d'un geste du menton vers le hublot, et j'aperçus le pont de Cordova et le rio Grande alors que nous arrivions en trombe à El Paso.

Nous traversâmes à la même allure le centre-ville, puis longeâmes l'autoroute 10 déserte, notre aile presque au même niveau que l'enseigne du bâtiment de la National Bank ; devant nous, deux grandes cheminées d'usine se dessinaient, menaçantes. Nous coupâmes à droite, contournâmes le stade de la Sun Bowl au pied du mont Franklin, et rejoignîmes l'autoroute en direction du nord, train et volets baissés, sans lumière, volant laborieusement à cent cinquante à l'heure tout en ayant l'impression d'être à soixante-quinze, dépassant tout juste de temps à autre une voiture. « Radar, dit-il, se redressant dans son siège, essayant de regarder par-dessus le tableau de bord. Leurs radars couvrent le désert d'est en ouest, d'ici jusqu'à trois cents kilomètres à l'intérieur du Mexique. À l'époque de mon père, ils avaient des camions radar qu'ils positionnaient là où ils supposaient que les avions passaient. Maintenant, ils ont les aérostats. Si tu essaies de traverser la frontière là-bas, ils te suivent du début jusqu'à la fin.

– Donc, toi, tu fais semblant d'être un avion d'Aeromexico, de Chihuahua à Juarez.

– Exactement. Un vol intérieur. »

Sur notre gauche dans la nuit infinie à l'ouest d'El Paso, on devinait la rivière et le Nouveau-Mexique. Nous survolions l'autoroute 10 et une grande station-service située près d'une bretelle de sortie, et sauf erreur de ma part, Merk venait juste de tirer un peu sur le manche pour franchir le pont. Eugenia et sa famille, tous allongés, formaient une masse sombre et silencieuse sur le sol de la cabine.

« Mais alors, pourquoi ce numéro de voltige au-dessus de l'autoroute ? demandai-je, me sentant légèrement détachée, à peine capable de me faire entendre dans le vacarme des moteurs.

– Les radars satellites, les SDCA, les Orion, ils nous suivent tous à la trace d'en haut. À cette hauteur, on ressemble à un camion, juste un semi-remorque de plus sur l'autoroute. »

Je n'en doutais pas. Car au même moment nous étions en train de gagner du terrain sur un camion

Kenworth qui venait juste de doubler une voiture et accélérait.

« Et les gens dans la voiture, ils peuvent pas nous voir ?

– Non, sauf s'ils lèvent les yeux. Et, même s'ils le font, on n'est qu'une ombre, et encore faut-il qu'ils sachent ce qu'ils sont en train de voir. En revanche, ils nous entendent. La semaine dernière, j'ai été pris en chasse par un flic en voiture sur l'autoroute qui essayait de déchiffrer mon immatriculation avec son projecteur.

– Qu'est-ce que tu as fait ?

– Je l'ai semé. »

Il sourit, mais resta immobile, sans sourciller. Nous dépassâmes un autre camion. Devant nous, les antennes au sommet du mont Franklin émettaient des signaux lumineux rouges, pour avertir les avions volant à basse altitude. Une minute plus tard, les quartiers résidentiels se faisaient rares, et je distinguai au nord les lueurs de Las Cruces dans le lointain.

« Et qu'est-ce que tu fais de cet équipement militaire dont ils se servent, les infrarouges et tout ça ? S'ils te voient, ils n'ont qu'à te signaler et les hélicoptères décolleront d'Albuquerque ou d'ailleurs.

– Pour ça, il faudrait qu'ils guettent mon passage. Ou, comme le flic, il faudrait qu'ils restent assis dans leurs caisses vitre baissée à écouter nuit après nuit par cette chaleur. Ils n'ont ni les effectifs ni la patience pour ça, et même s'ils m'entendaient passer, ils auraient bien du mal à alerter quelqu'un à temps pour me trouver.

– Oui, mais imaginons qu'ils obtiennent ton immatriculation ? Et s'ils savent qui tu es ?

– Eh bien, ça, c'est une autre histoire. Ils pourraient aller dans le hangar mettre des micros dans l'avion, mais je vérifie toujours, ou le voyage d'après ils pourraient surveiller mon départ et deviner que je me dirige vers le sud. Mais, même si ça marchait, qui dit que je vais prendre la même route au retour ? Donc, ils expédient dans les airs tout ce matos qui vaut une fortune, rien que pour m'attendre, et un ou deux jours plus tard je débarque à Albuquerque avec un avion propre et le sourire aux lèvres.

– D'accord, mais disons qu'ils nous ont vus ce soir. Disons qu'ils ont eu un coup de bol et qu'ils nous ont repérés en train de franchir la frontière. »

Il haussa les épaules. « S'ils sont en hélicoptère, on l'a dans l'os. Dans un Mohawk, je ne sais pas ; si je me mets au milieu de la piste, ils ne peuvent pas atterrir derrière nous. Il y a des années, ils te suivaient à vue, te collaient au cul et prévenaient à l'avance les shérifs locaux là où ils pensaient que tu atterrirais. Mais aujourd'hui, avec les radars, ils te suivent à des kilomètres de distance. On fera un petit numéro au-dessus de Las Cruces pour voir ce qui est derrière nous, mais la meilleure façon de faire, c'est celle de mon père : lui, il plaçait deux ou trois guetteurs au sol le long de sa route, leur donnait des infrarouges et des portables FM et ils lui disaient au fur et à mesure par radio si quelqu'un le suivait ou non. Mais ça, c'est pour les trafiquants de drogue, moi j'ai pas assez de tune pour ce genre d'opération.

– Donc, ils sont peut-être en train de nous suivre maintenant. »

Il sourit. « C'est possible.

– Et alors ?

– Si on les voit, on retourne au Mexique, où ils ne peuvent pas nous suivre.

– Et sinon ?

– Sinon, on ira en prison. » Il pencha la tête en arrière. « Et eux rentreront au Guatemala. »

Juste au sud de Las Cruces, il monta soudain, s'inclina sur la droite, rentra train et volets et prit un virage serré à trois cent soixante degrés, puis un autre, tandis que nous scrutions tous deux la nuit au-dessus de la ville, pour nous assurer qu'aucun appareil ne nous suivait. Il fit un passage sur l'aéroport de Las Cruces, puis alluma les phares d'atterrissage et nous grimpâmes lentement, décrivant une large spirale, de plus en plus haut, et Merk me dit que nous étions désormais en règle, sans cesser de vérifier qu'il n'y avait pas d'autres avions dans le ciel derrière nous. Finalement, nous prîmes vers le nord-ouest, en direction des montagnes ; Merk se laissa aller sur son siège et ajusta le devant de sa chemise.

« Ma petite manœuvre sur l'autoroute a plutôt bien marché, dit-il. Les gros trafiquants ont le meilleur équipement, des avions rapides, et les toutes dernières infos sur les douanes : ils peuvent pister ceux qui sont en train de les pister, et réagir en conséquence. Moi, je n'étais qu'un taxi de Juarez, donc je prenais l'autoroute.

– Pourquoi tu dis ça au passé ? »

Il me regarda. « Tu crois que tu serais là si ce n'était pas mon dernier vol ? »

Je ne répondis pas.

« Hé, ne t'en fais pas. J'ai compris en voyant ce flic avec le projecteur qu'il était temps pour moi de m'arrêter. Mon vieux avait plus d'une corde à son arc, donc j'ai plein d'options. » Il marqua une pause. « Écoute, il y aura toujours des gens qui voudront venir ici et il y aura toujours des gens qui les y emmèneront, et aucun mur, aucune barrière ou patrouille n'y changera rien. Aujourd'hui, je suis taxi de Juarez, demain, je ferai autre chose. »

J'étais à l'école dans les années 1980 lorsque les *boat people* commencèrent à arriver à Miami, des Haïtiens entassés les uns sur les autres dans des skiffs qui prenaient l'eau ; des milliers d'entre eux s'étaient noyés dans les vagues avant d'échouer sur les plages bondées. Je ne comprenais pas comment on pouvait être à ce point désespéré, bravant la mort rien que pour la chance de finir sa vie dans un enfer urbain comme Liberty City ou le Bronx. Mais à San Antonio récemment, au sous-sol d'un « refuge » géré par Paix sans frontières, je rencontrai un homme de San Salvador qui me décrivit les cartons d'emballage de la *colonia* où il avait habité, l'égout puant et surpeuplé qu'était son quartier au fin fond de la décharge municipale. Il dit que ce n'était pas à cause de la pauvreté ou de la peur que son peuple migrait vers le nord, mais parce qu'ils avaient perdu tout espoir – au moins ici, aux États-Unis, il y avait une chance, sinon pour eux, du moins peut-être pour leurs enfants ou petits-enfants.

« Je croyais qu'on allait au Texas, dis-je.

– Non, je n'atterris pas au Texas. Je ne connais pas très bien le Texas.

– Donc, on atterrit au Nouveau-Mexique et quelqu'un nous conduit jusqu'au Texas ?

– Tout à fait. »

Le chemin le plus long pour arriver à San Antonio, pensai-je. Je demandai : « Et où iront-ils après ? »

Nous venions de dépasser les trois mille cinq cents mètres d'altitude. Merk se mit en vitesse de croisière, me passa les commandes et me dit de viser le signal lumineux sur une tour au nord, à peine visible à l'horizon sous les étoiles. Je n'avais jamais piloté d'avion, mais j'avais lu suffisamment pour savoir que, lorsque le compensateur est bien réglé et que l'appareil est en croisière, ça vole pour ainsi dire tout seul. Je pris la manette du bout des doigts, maintins mes pieds à plat sur le plancher, à l'écart des pédales. Merk se frotta le cou et étendit les bras, puis se tourna et parla à Cipriano en espagnol, avant de s'adresser à moi.

« Ils ne savent pas. Ils n'ont aucune famille ici, pas d'argent. » Il tourna à nouveau son visage vers l'horizon. « C'est souvent comme ça. Parfois, ils ont un parent à Los Angeles ou à Miami, mais la plupart du temps ils sont livrés à eux-mêmes.

– Et pourtant ils ont de la chance, dis-je.

– Absolument. Tu as déjà vu El Corralon ? »

Je ne connaissais pas cet endroit, mais il était sur ma liste : centre de rétention de réfugiés dans le sud du Texas – certains disaient que c'était un camp de concentration –, désormais équipé d'un grand chapiteau capable d'accueillir plus de dix mille personnes. J'avais le projet de commencer par voyager avec les réfugiés, pour finir par un voyage le long de la frontière entre les États-Unis et le Mexique, essentiellement en suivant les services d'immigration. J'irais à El Corralon en dernier. Je racontai tout cela à Merk, et il dit : « Et tu ne prendras pas parti, c'est ça ? Tu veux faire tout ça d'abord et ensuite écrire ton livre sans préjugés. On escroque et on violente ces gens chaque nuit le long de la frontière, la moitié des femmes se font violer, et pour ceux qui réussissent à traverser mais se font pincer par la douane, la grande récompense, c'est El Corralon. Et toi, tu vas finir ce voyage, puis tu vas te balader avec la patrouille le long de la frontière, faire le tour des centres de rétention, comme ça tu auras vu les deux côtés de l'histoire tout en trouvant le moyen de rester miraculeusement objective.

– Comme toi, je fais ça pour l'argent », dis-je, et je le regrettai immédiatement – je l'avais dit pour plaisanter, mais cela sonna faux, peut-être parce qu'il avait raison : j'avais l'intention de rester neutre jusqu'à la dernière page si possible, surtout par peur de rater quelque chose si je prenais parti.

Merk secoua la tête. Je continuai de piloter cet engin, cette antique côte de bœuf, et il commença à vérifier les instruments de vol, tapotant une jauge récalcitrante, balayant le tableau de bord avec sa lampe de poche, dirigeant le faisceau lumineux sur le bouton du réservoir supplémentaire à ses pieds, puis vers la cabine derrière nous comme s'il cherchait des fuites ou des fissures qui seraient susceptibles de s'aggraver. Et tandis qu'il vaquait à ses occupations, je me rendis soudain compte que je risquais à ce moment précis ma vie, et que j'avais sans doute frôlé la mort de bien plus près que je ne l'aurais voulu, alors que, flottant au-dessus de l'autoroute, j'avançais d'El Paso à Las Cruces. Et je compris également que je n'étais plus une simple passagère : le fait de piloter ce vieux coucou vers je ne savais quelle destination m'impliquait à part entière dans le risque que nous courions, et l'argent ou même un livre semblaient être des motivations aussi faibles qu'improbables.

La tour était en fait une antenne sur la montagne qui surplombait la ville de Magdalena ; pendant notre approche, Merk prit les commandes et, réduisant les gaz, vira lentement vers l'ouest, pointant du doigt les balises au sommet des antennes paraboliques du VLA dans la plaine de San Augustin. Une minute plus tard, il alluma la radio, régla une fréquence, puis, alors que nous descendions rapidement, nous passâmes au-dessus d'une autoroute sur laquelle roulait une seule voiture, et Merk stabilisa l'appareil, sortit les volets à moitié, remit doucement les gaz. À l'ouest directement devant nous, des collines se dessinaient, et presque instinctivement, je vérifiai l'horizon au nord par mon hublot, tout en m'efforçant tant bien que mal de ne pas perdre le sol de vue. Nous avions déjà survolé un ranch, et voici qu'au sud de notre trajectoire un autre se profilait, illuminé par un réverbère au sommet d'un poteau que nous dominions de peu ; Merk, assis bien droit dans son siège, la tête touchant presque le plafond, se pencha en avant et saisit le micro, qu'il alluma et éteignit trois fois de suite, puis il le laissa tomber sur ses genoux et sortit le train. Apparurent alors et presque simultanément deux faibles feux d'approche, et ce qui ressemblait, un peu plus loin, à des phares d'automobile ; nous n'étions désormais qu'à quelques kilomètres de la piste. Eugenia s'était endormie ; sa tête avait glissé entre les sièges du poste de pilotage, et je fis signe à Cipriano de la prendre dans ses bras. Les autres hommes étaient affalés sur le plancher, de part et d'autre de la mère et de son bébé, avec la couverture tirée presque par-dessus leurs têtes. Merk alluma les phares d'atterrissage, mit puis coupa tout de suite les gaz, inclina par deux fois l'appareil pour contrer le vent de travers, puis entama son arrondi. Nous flottâmes au-dessus des feux d'approche et nous posâmes sur la piste en gravier ; soudain, tout vibrait ; Eugenia poussa un cri, Merk éteignit les lumières et freina violemment tandis que la poussière tourbillonnait dans le mouvement des hélices, éclairée par les phares qui s'approchaient en face de nous.

Je défis ma ceinture de sécurité et me dirigeai vers l'arrière de l'avion. Luis et Cipriano se redressèrent précautionneusement, regardant par les hublots. Je les contournai pour atteindre le fond de la cabine, ouvris le loquet et poussai la porte. Cette fois-ci, Merk avait laissé les moteurs allumés, et dans la poussière aveuglante je faillis heurter la camionnette qui venait de s'immobiliser près du marchepied. Quelques secondes plus tard, un homme grand et maigre qui portait un bandeau et qui aurait pu être le frère de Merk se précipita vers la porte et m'apostropha :

« C'est toi la fille qui écrit un livre ? »

Je hochai la tête, et il pointa un doigt sur Eugenia.

« Aide-moi à les faire descendre. On va pas y passer la nuit. »

Je soulevai Eugenia. Luis aida Guadalupe avec le bébé, tandis que Cipriano et son oncle fermaient la marche. En moins d'une minute, ils avaient débarqué, et l'homme au bandeau leur indiquait déjà l'arrière du véhicule. Je sautai de l'avion... et vis l'homme au bandeau qui revenait vers moi bras levé, se protégeant de la poussière qui lui fouettait le visage, les pans de sa chemise à carreaux ouverte claquant follement dans le souffle des hélices. Il saisit mon épaule.

« Fais-les monter dans le camion, tu veux ? Ils m'écoutent pas.

– Je ne parle pas espagnol, dis-je.

– T'as qu'à les pousser au cul, nom de Dieu ! »

Il se tourna vers l'avion alors que Merk apparaissait

à la porte et lui remettait une enveloppe. J'étais certaine qu'elle contenait de l'argent.

La camionnette était un vieux modèle des années 1970, à plateau découvert, avec un pare-chocs méchamment cabossé. Le hayon était baissé, et ils s'étaient agglutinés derrière, tournant le dos à l'avion. Je m'assis sur le hayon et relevai prestement les jambes, faisant signe à Guadalupe de m'imiter, puis tendis les bras vers Eugenia, tandis que Cipriano d'un bond me rejoignait. Au fond, je trouvai une bâche. Je la dépliai, et demandai à Cipriano d'un geste de maintenir les autres à plat ventre. L'homme au bandeau avait laissé la portière de la camionnette ouverte, et dans la lueur qui provenait de la cabine, à travers le pare-brise arrière, je pouvais voir leurs visages, leurs yeux interrogateurs me faisant confiance comme s'ils me connaissaient.

Je regardai vers l'homme au bandeau qui me faisait des signes frénétiques de la main, m'ordonnant de monter devant afin que nous puissions partir. Je sautai à terre, et Merk apparut à la porte de l'appareil, cette fois avec mon cahier – je l'avais laissé dans le poste de pilotage, et l'aurais sans doute oublié s'il n'y avait pas pensé. Je le pris, et à travers la poussière je crus voir son sourire édenté, mais, juste au moment où je levai la main pour lui faire signe, il ferma la porte.

L'homme au bandeau contourna en criant et en courant l'avant de la camionnette. Le temps que j'atteigne le côté passager, il s'était glissé derrière le volant et se penchait pour ouvrir ma portière, mais je me dépêchai de poursuivre mon chemin et grimpai à l'arrière. Il me regarda brièvement, haussa les épaules, puis recula, s'éloignant de l'avion. Merk alluma les moteurs et commença à rouler, et dans le bruit et le sable qui tourbillonnait, tandis que la camionnette s'arrêtait net et redémarrait brusquement, je me glissai sous la bâche à côté de Cipriano, puis me couvris la tête et me demandai pourquoi il n'y avait ni tapis sur le plancher métallique, ni couvertures pour nous chauffer, ni rien à boire ou à manger pour toute la durée de notre long voyage jusqu'au Texas.

On se connaît ?

Hank a loué une maison. Mel avait débarqué à Crested Butte la semaine dernière avec son sac à dos et sa machine à écrire en demandant si elle pouvait emménager avec lui, car elle avait besoin d'un endroit où « créer ». Et naturellement, même si Hank aimait beaucoup son appartement avec sa minuscule mezzanine, c'était bien trop petit pour eux deux ; il loua donc une maison à un étage, construite à partir d'une ancienne cabane en bois, avec de nombreuses petites pièces biscornues rajoutées au fil des ans, caves aménagées, débarras, et même des toilettes en sous-sol qui, malgré la nouvelle plomberie, ressemblaient aux cabinets extérieurs d'origine. Le loyer n'était pas élevé car la maison se trouvait en ville et non au pied des pistes ; les trois pièces à l'étage permettaient à Mel d'avoir sa propre chambre, et même un bureau.

Cependant, Mel a été très claire : elle restera six mois maximum. Elle a tout planifié ; douze pages par semaine, deux chapitres par mois – même le jour et l'heure de son départ (8 heures) sont notés dans son journal, qu'elle montra à Hank (ainsi que ses chèques de voyage) afin de le convaincre de l'héberger, disant qu'elle était venue lui rendre visite, certes, mais qu'elle devait écrire son livre.

Il ne s'agit donc pas de ce que l'on pourrait appeler une histoire d'amour florissante, même si tout le monde le croit, surtout depuis que l'on sait qu'ils ont fait du stop ensemble au Mexique l'été dernier, d'autant qu'elle vient dans ce coin perdu des Rocheuses pour emménager avec un type connu ici comme un célibataire endurci. Et Mel est deux fois plus petite que lui. Petit modèle – un mètre cinquante-cinq et à peine quarante-cinq kilos –, mais jolie, très exactement le contraire de toutes les femmes avec lesquelles il est sorti jusqu'à présent, sans jamais en épouser aucune, de grandes blondes majestueuses (et belles, comme l'est sa sœur, et comme l'avait été sa mère, jusqu'à son dernier souffle), ce qui fait jaser en soi dans cette petite ville avide de potins. Ses copains skieurs, tous des sportifs, le chahutent sans merci. Ils viennent au restaurant, prennent place dans le coin silencieux du bar où jamais personne ne va s'asseoir. « Alors, le grand, tu vas raccrocher les skis ? » « Hé, c'est pour quand le mariage, Hopalong ? » (Comme il déteste ce surnom ! Si vous êtes un Texan au Colorado, on vous traite continuellement d'habitant des pays plats, et de cow-boy ; il n'aurait jamais dû mettre des éperons sur ses après-ski cette année-là – c'était pour rire !) Naturellement, Jarrold, son patron, est déjà inquiet à l'idée de devoir trouver un nouveau barman, et la femme de Jarrold, Toni, le considère désormais comme un déserteur. L'antipathie de Toni envers Mel fut palpable dès l'instant où leurs regards se croisèrent. À l'arrivée de Mel, Hank l'emmena sur les pistes lui montrer où il travaillait, et à peine arrivés dans le restaurant Toni fusilla Mel du regard, et cette dernière lui dit : « Tu veux ma photo ? » À la femme du patron ! Inutile de dire que Mel et Hank ne restèrent pas longtemps, et il trouva un remplaçant pour quelques jours, le temps d'emménager dans la nouvelle maison. Après les allées et venues avec les cartons, il retourna travailler, et ses soi-disant amis rappliquèrent avec leurs rictus et leurs sarcasmes, cherchant à obtenir des détails sur la « naine ». Pour l'instant, Mel ne leur fait aucun effet, mais Hank sait que cela ne saurait tarder.

Mel est écrivain. Elle a publié un livre sur les sans-abri, et au moment de leur rencontre au Mexique, elle était sur le point d'achever un voyage en Amérique centrale, où elle avait pris des notes pour un autre livre. Ils avaient fait de la route ensemble pendant un mois, et comme leurs chemins allaient se séparer, Hank avait tout tenté pour la convaincre qu'ils feraient mieux de rester ensemble, qu'ils pourraient travailler ou continuer de voyager ensemble, ou qu'elle pourrait venir vivre chez lui dans les montagnes. Mais Mel avait refusé, elle devait aller à New York, puis à San Antonio, et elle ne savait pas quand elle pourrait se libérer, mais ils se reverraient, elle débarquerait peut-être un jour à Crested Butte pour lui faire la surprise, mais elle ne savait pas quand. Certain qu'il ne la reverrait jamais, Hank se dit que c'était la fin de l'histoire. Il ne pouvait expliquer ce qui l'attirait chez elle. Elle était étrange, coriace, directe, certes, mais au point d'être dangereuse pour elle-même, et on ne pouvait pas dire qu'elle ait jamais été attirée par lui. Curieusement, après son départ, il avait pensé constamment à elle, et il s'aperçut qu'il se souvenait de pratiquement chaque chose qu'elle avait dite ou faite. Pourtant, il ne savait presque rien d'elle, sauf qu'elle n'avait, pour toute famille, qu'un frère à Omaha ; et, bien sûr, c'était une chose qu'il pouvait comprendre, car maintenant que sa mère avait disparu, Hank n'a plus que sa sœur... Et pendant tout leur périple mexicain, Mel fit allusion à ses pouvoirs psychiques, pour les nier ou en rire aussitôt, mais Hank avait été plus d'une fois troublé par ses exploits, si c'est le terme qui convient : par exemple, elle avait prédit quelles voitures et quels camions allaient s'arrêter sur l'autoroute pour les prendre ; elle pouvait discerner les auras et les halos des gens, et comme un oiseau qui sait à l'avance quand l'orage va éclater, elle sentait quand les choses étaient sur le point de changer, et généralement elle ne se trompait pas. C'est pourquoi Hank finit par conclure que Mel, bizarrement, vivait pour le futur, ou même dans le futur. Mel est très présente (ou bien est-ce sa présence qui parfois est irrésistible ? Trop souvent, Mel formule ce qu'elle ressent), et pourtant, pour lui, elle est entièrement absente : elle planifie ses lendemains comme si le jour présent n'était que déception, et à force de constamment changer son programme, elle repousse tout contact émotionnel avec Hank. Pour lui, Mel est là sans l'être, ou encore là mais déjà repartie... et le fait qu'elle ait choisi de venir dans cette petite ville le frappe : l'été dernier, au Mexique, lorsqu'elle lui avait demandé où il habitait et qu'il avait répondu Crested Butte, elle lui avait dit qu'elle n'aimait pas la montagne : l'air raréfié l'empêchait de réfléchir ; pour elle, les grands espaces n'étaient certainement pas l'endroit adéquat pour élaborer des projets d'avenir.

Quoi qu'il en soit, c'est ainsi que Hank perçoit Mel, mais il n'est pas sûr de la façon dont elle-même se perçoit, même s'il imagine qu'elle se voit par rapport à sa propre évolution : Mel dans deux semaines, Mel comme projection de la personne qu'elle est sûre de devenir.

Avec l'arrivée de Mel, leur emménagement dans la nouvelle maison, et le changement d'atmosphère au travail, la semaine de Hank fut donc plutôt chargée. Ainsi, lorsque Scott arriva samedi à l'improviste avec sa sœur, Hank, fatigué, fut pris au dépourvu – même s'il savait mieux que quiconque, surtout après avoir voyagé avec Mel au Mexique, qu'il y a des personnes et de nombreux événements pour lesquels aucune préparation ne saurait être suffisante.

Scott était parti pour Denver la veille, mais avant son départ, il était passé au restaurant boire un café et dire à Hank où il allait et pourquoi. Scott est différent des autres amis de Hank, pas seulement parce qu'il est en chaise roulante, mais aussi parce qu'il est autonome et responsable et se comporte comme s'il avait déjà surmonté la plupart des malheurs du monde. Il me vit à Crested Butte que depuis l'hiver dernier, lorsqu'il a commencé à travailler comme opérateur de remontées mécaniques ; il a une camionnette avec des équipements adaptés, et loue une chambre dans un appartement au pied de la montagne. Il dit à Hank qu'il allait vers l'est chercher sa sœur, qui vivait dans un centre de soins spécialisés à Denver, et qu'il la ramènerait de là vers l'ouest à Grand Junction pour rendre visite à leurs parents et frères et sœurs dans la ville où ils avaient grandi. Il le faisait tous les ans, la dernière semaine d'août.

Mais samedi, lorsque, sur le chemin du retour, Scott fit un détour par Crested Butte et passa chez Hank peu après midi – au moment précis où il ramassait le journal sur le pas de sa porte –, Hank fut naturellement surpris car il avait pensé que Scott serait absent une semaine.

Scott gara la camionnette et coupa le moteur. Sa sœur assise côté passager ne bougea ni ne tourna la tête. Avec ses cheveux courts, elle avait un air de lutin, un peu comme Mel, et d'emblée Hank eut l'impression qu'elle lui ressemblait, même si de toute évidence elle était plus jeune, plus proche de l'âge de Scott, vingt-deux ans. Scott fit un geste de la main puis se souleva pour aller à l'arrière, là où il rangeait sa chaise roulante, et tandis que Hank approchait il put voir clairement le visage de la jeune fille de profil : pâle et anguleux, comme sculpté, étrangement enfantin et complètement figé.

Scott ouvrit la porte coulissante et prononça son prénom – Janice –, afin de la présenter, et lorsque Hank s'avança elle se tourna et le regarda avec les yeux les plus étranges qu'il avait jamais vus, vides et pourtant pénétrants, non pas marron foncé ou marron clair mais d'un brun pur, et en s'approchant d'elle il décela une pâle cicatrice barrant son front et une autre sur l'arête de son nez, des marques qui semblaient naturelles, comme si elles renforçaient la frêle beauté de ce visage.

Mais elle était maigre, vêtue d'une robe à fleurs qui était manifestement d'une taille trop grande pour elle. Elle cligna des yeux et dit : « On se connaît ? », et la question le cloua sur place – il ne savait comment répondre à la curieuse inflexion de sa voix. L'apostrophant de l'arrière de la camionnette, Scott fit signe à Hank de s'approcher et lui apprit qu'elle était amnésique suite à un accident de voiture à quinze ans ; des lésions au cerveau avaient détruit sa mémoire à court terme : elle arrivait à se souvenir d'une partie de son passé d'avant l'accident, mais rien depuis ; du présent, elle ne pouvait rien retenir, aucun événement, aucune image, aucune odeur – rien au-delà de quelques minutes de ce qui était pour elle un éternel maintenant. « Amnésie de fixation » fut le terme employé par Scott.

Elle descendit de la camionnette. En se tournant, Hank aperçut Mel sur le pas de la porte, et on peut dire que Mel et Janice se fixèrent et ne se quittèrent plus des yeux tandis que Hank traversait la pelouse en poussant la chaise roulante de Scott. Tout d'abord, il pensa que Mel était en colère, ou qu'elle avait peut-être reconnu cette fille, et qu'elle était stupéfaite de la voir ici, tant son expression était sérieuse. Mais elle finit par sourire, et, lorsque Janice détourna la tête et se mit à scruter la rue dans tous les sens, manifestement déboussolée, Mel se précipita vers elle.

C'est à ce moment que la jeune fille se mit à l'imiter, à devenir Mel. Bras dessus bras dessous, elles pénétrèrent dans la maison ; Janice sautilla pour calquer ses pas sur ceux de Mel ; elle étudia son visage, plissa les yeux, et son regard devint plus concentré, ses lèvres charnues plus détendues, comme celles de Mel ; elle adopta ses mouvements de tête et ses roulements de hanches, si bien que le temps d'atteindre la porte Janice avait miraculeusement intégré l'ensemble des expressions du visage de Mel et reproduit ses gestes ; elle était légèrement plus grande et bien plus mince, mais même sa silhouette devint celle de Mel : Hank fut émerveillé de voir ses seins pratiquement gonfler sous ses yeux.

Et tout cela semblait amuser Mel, comme si elle s'y était attendue. Une fois dans la maison, Scott expliqua qu'il arrivait à Janice de s'attacher à certaines femmes lorsqu'elle se sentait « perdue », comme à chaque fois qu'elle quittait l'environnement familier du centre de soins de Denver. « Janice imite les autres parce que son moi n'existe plus », dit Scott à Hank, et Janice suivit Mel dans l'entrée, adressa à Hank le sourire de Mel, et elle eut un geste faussement timide de la tête. « On se connaît ? » demanda-t-elle.

Cela dura une heure, et, même si Hank fit de son mieux, il ne parvint pas à s'y habituer : il n'arrivait pas à se faire à l'idée du vide qui habitait Janice, et du fait qu'elle l'avait comblé d'une certaine façon avec Mel, afin d'« exister ». Pourtant, cette situation ne semblait gêner ni Mel ni Scott, et sûrement pas Janice. Janice reconnaissait Scott chaque fois qu'elle le voyait, mais avec l'expression surprise de celle qui retrouve un vieil ami perdu de vue. Chaque fois que Hank quittait la pièce pour plus d'une minute, il devait à son retour se présenter derechef, ou bien trouver une nouvelle réponse à « On se connaît ? ». Mais ce n'était pas le cas pour Mel. Elle pouvait quitter la pièce et revenir et Janice ne semblait pas le remarquer, comme si Mel n'était jamais partie, ce qui d'une certaine manière était le cas.

Pour Hank, plaindre Janice ne suffisait pas : il se sentait plus impuissant que désolé. Il essaya d'imaginer ce que signifiait être coincé dans le présent, avoir une réalité inventée et une personnalité calquée sans risque sur autrui. Scott dit que c'était comme de se réveiller constamment d'un rêve sans savoir où l'on se trouve. Hier pour Janice correspondait à ses quinze ans (« elle n'a aucun souvenir de l'accident, ni des six mois qui l'ont précédé »), et pourtant elle savait qu'elle avait eu des lésions au cerveau, et qu'elle avait du mal à se souvenir, et bizarrement, elle comprenait qu'elle vieillissait dans le vide mais n'arrivait pas à comprendre pourquoi, car elle ne se souvenait de rien. Et plus Hank y pensait, plus son malaise grandissait : elle était si tragique, si éternellement dépendante.

Puis une chose étrange se produisit. Elle se mit à copier Mel systématiquement, chaque inflexion de sa voix et chacun de ses gestes. Et pendant un certain temps Mel s'en accommoda, comme si c'était normal, comme si Janice était sa petite sœur ou même sa jumelle. Mais ensuite Mel commença à s'effacer, doucement d'abord, puis devint de plus en plus calme, se repliant sur elle-même et jetant des regards gênés dans la pièce... et Hank se rendit compte que Mel se voyait dans la jeune fille, et que plus encore elle se voyait en simultané – non pas dans le futur, non pas ce qu'elle allait devenir, mais ce qu'elle était. Et Janice, bien décidée à garder son nouveau « moi » face à une Mel qui se rapetissait, prit le dessus de leur étrange relation, comme si elle était Mel, et Mel, Janice.

Hank et Mel étaient assis à la table de la cuisine avec Janice, et Scott s'était hissé de son fauteuil sur le canapé du salon. Janice sirotait un thé, lorsque soudain elle tendit le bras au-dessus de la table et caressa la joue de Hank de la main gauche et celle de Mel de la main droite. « J'adore, dit-elle d'une voix plus grave et feutrée que celle de Mel. Ce sera parfait. Nous trois, on sera tellement heureux et entiers. » Elle se tourna vers Hank, et l'expression dans ses yeux ne laissait aucune place à l'ambiguïté.

Il était non seulement évident que Janice voulait faire l'amour avec lui, mais le plus fou était que soudain il avait lui aussi envie de lui faire l'amour, sachant qu'elle était devenue Mel, et ce qui était encore plus incroyable, c'était que Mel aussi voudrait peut-être faire l'amour (durant tout le temps qu'ils avaient passé ensemble, au Mexique, et dans cette maison, Hank ne l'avait jamais embrassée ; ce n'était pas faute d'y avoir songé, c'était même pour cette raison qu'il l'avait abordée au Mexique, mais elle lui avait répondu que, s'ils pouvaient voyager ensemble, elle ne voulait surtout pas d'un dragueur de plus, qu'il ne se fasse donc pas d'illusions).

Hank s'appuya sur le dossier de sa chaise et dit à Janice : « Écoute, je suis un gars comme les autres », et il eut du mal à croire qu'il venait de prononcer ces mots. Il sentit que Mel retenait son souffle. Elle resta sans respirer très longtemps, son visage s'empourprant, puis finit par rire... et ce fut comme si un ballon venait d'éclater au visage de Janice.

Janice fit la moue et dit : « Pourquoi pas ? » Hank ne sut pas quoi répondre. Quelle pouvait être la réponse ? Qu'il faut une histoire pour faire l'amour ? Qu'on ne peut pas le faire car il y a un mur entre maintenant et son passé ? Quelle serait la réaction de Mel ? Mel et lui avaient une histoire, mais ce n'était pas l'amour qui l'avait conduite ici ; elle avait toujours dix longueurs d'avance par rapport au présent, et construisait constamment son propre mur. Janice était en train de dire : Faisons l'amour maintenant, sans penser au passé ni au lendemain. Et c'était justement comme ça qu'il avait désiré Mel, d'innombrables fois.

Mel dit : « Tu peux pas, c'est tout.

– Mais lui il veut, je le vois bien », dit Janice, se voûtant sur sa chaise et redevenant soudain elle-même, mince et frêle. Non, pensa Hank : c'était impossible de faire l'amour maintenant avec cette Janice. Je devrais quitter la pièce, se dit-il. Une ou deux minutes, elle m'effacera de sa mémoire. On se connaît ? me dira-t-elle.

Mais il tendit sa main vers la sienne au-dessus de la table. « Il y a d'autres façons de se toucher », dit-il.

Elle retira sa main. « Non, il n'y en a pas d'autres. » Elle foudroya Mel du regard. « À moins que tu ne t'arrêtes maintenant. À moins que tu ne restes ici avec moi. »

Mel regarda Hank, et si inouï que cela puisse paraître, pendant l'un de ces moments où le temps reste en suspens, Mel perdit le contrôle d'elle-même. Elle cessa d'être une Mel qui se projette dans l'avenir, une Mel avec un plan de l'univers en tête, et demeura assise sans bouger sur sa chaise, une expression d'effroi sur le visage ; puis elle se mit à observer ses mains posées sur la table, les tournant comme si elle n'était pas sûre qu'elles lui appartiennent. Finalement elle inspira et frissonna, et fit bizarrement passer ainsi un message à Hank... bien réel et physique : il commença à sentir des picotements dans sa colonne vertébrale qui se propagèrent à l'arrière de sa tête, puis, avec adresse et précision, comme la lente éclosion d'une fleur délicate, le sommet de son crâne s'ouvrit et les picotements s'envolèrent, emportant avec eux toutes ses pensées, tout ce qui avait pu le définir. Euphorique et terrifié, il n'était plus là, n'était plus lui-même – et pourtant il était plus que jamais présent, au point de devenir Janice aussi, avec un passé qui n'avait plus la moindre importance, dérivant dans un inaltérable instant présent.

Naturellement, cela ne dura pas ; sinon, pensa-t-il, il aurait été bon pour l'hôpital psychiatrique.

Janice vit Scott sur le canapé, et tandis qu'elle se dirigeait vers le salon, Scott se redressa et lui sourit comme pour dire : Alors, tu as encore fait des bêtises, hein ? Mel avait retrouvé ses esprits, saisi son cahier sur le plan de travail et commencé à écrire furieusement – du matériel pour son livre, sans doute, pensa Hank, un chapitre qu'elle avait probablement déjà achevé dans le futur.

Ainsi, tout redevint normal, rapidement et entièrement, comme si leur conscience réunie avait été un énorme élastique sur lequel on avait tiré et qui était brusquement revenu à sa position initiale. Mel monta à l'étage avec son cahier et Hank se mit à farfouiller dans le réfrigérateur – sans savoir ce qu'il cherchait –, toujours en état de choc, et avec pour seule certitude qu'il ne comprendrait jamais ce qui venait de se passer à cette table.

Janice saisit un magazine parmi ceux, nombreux, que Hank avait rapportés de son appartement et laissés en tas sur le sol du salon. Elle s'assit près de Scott sur le canapé et se mit à tourner les pages, et cette fois-ci, lorsque Hank pénétra dans la pièce, il se présenta. Elle hocha la tête poliment, et, lorsqu'il demanda s'ils resteraient déjeuner, elle lâcha le magazine et lança avec enthousiasme : « Oui ! »

Lorsque Mel redescendit, Janice – et c'était une différence de taille – se comporta comme si elle ne la connaissait pas, et sembla même timide en sa présence, peut-être parce que Mel frôla le bras de Hank comme elle pénétrait dans la cuisine, le caressant discrètement. Ce fut, pensa-t-il, un avertissement pour Janice, afin qu'elle cesse de l'imiter, d'être quelqu'un d'autre. Et Janice obtempéra : elle se plaça à la table de cuisine près du fauteuil roulant de Scott, et lentement, attentivement, examina son sandwich, soupesa le pain et piqua le jambon avec une fourchette, jetant de temps à autre un coup d'œil à Mel et à Hank comme si elle les voyait pour la première fois.

Hank ne put s'empêcher d'avoir le sentiment qu'ils avaient perdu quelque chose, Mel et lui, même s'il savait qu'ils ne pourraient jamais revivre la scène précédente. Mais Mel avait été si bien disposée à l'égard de Janice – elle lui avait donné accès à elle-même, et elle aurait pu apprendre quelque chose de la jeune fille. Mais maintenant Mel avait à nouveau érigé son mur, se renfermant et faisant comprendre à Janice qu'elle devait garder sa distance. Il reconnaissait cette Mel, et se disait qu'elle resterait toujours la même.

Janice se leva de table et retourna dans le salon, où elle reprit comme pour la première fois le magazine qu'elle avait déjà lu. Mel mit la vaisselle dans l'évier tandis que Hank et Scott partagèrent une bière en parlant de l'équipe de football américain de Western State (Scott est en dernière année dans cette fac, et il est un fervent supporter). Du coin de l'œil, Hank pouvait voir Janice assise sur le canapé, penchée sur le magazine qu'elle tenait sur ses genoux, l'observant de près comme elle avait examiné son sandwich, presque en transe. C'était ce qui lui était réservé, il le savait : son éternel recommencement – un magazine, une assiette de nourriture, des objets à travers lesquels elle pouvait exister avec toute l'intensité de son esprit vacant.

C'était donc terminé. Ce qui s'était passé auparavant avait disparu, tout comme la mémoire de Janice. À présent, l'événement tout entier semblait lointain, une erreur peut-être, quelque chose qui ne s'était jamais produit. Scott annonça qu'il valait mieux se remettre en route vers Grand Junction. Dehors, Hank, tandis que Scott avançait en fauteuil roulant vers sa camionnette, voulut lui demander si tout allait bien, s'il avait besoin de quelqu'un pour l'accompagner ou même s'il voulait qu'il le conduise jusqu'à Grand Junction ; Hank n'avait aucune raison de lui poser une telle question, et il ne voulait surtout pas lui manquer de respect, mais il avait le sentiment que quelque chose ne tournait pas rond. Mel sortit de la maison avec Janice et l'accompagna jusqu'au siège passager à l'avant. Elle ferma la portière et sourit à Janice, puis, se tournant vers Scott, demanda : « Vous n'êtes pas frère et sœur, n'est-ce pas ? »

Scott se détourna, posa la main sur la poignée de la porte coulissante l'espace d'un instant, puis la referma. « J'avais seize ans, dit-il. On rentrait d'une fête au lycée et ses parents nous accompagnaient parce qu'ils étaient nos chaperons. J'ai dû détourner les yeux de la route.

– Ses parents ont été tués », dit Mel.

Scott regarda Mel, puis Hank. « Janice était ma chérie. » Il sourit faiblement. « Elle l'est toujours. »

Et de toutes les bizarreries de Mel – les folles prédictions au Mexique, les auras, les halos, son arrivée à Crested Butte et maintenant ce qu'elle savait de Scott et de Janice –, la plus surprenante pour lui fut celle qui s'ensuivit.

Ils regardèrent Scott et Janice partir, et demeurèrent devant la maison un long moment, seuls dans la rue déserte, Hank les bras croisés et Mel les mains dans les poches. Ce qu'ils avaient sous les yeux, comme toujours, était digne d'une carte postale : de cette extrémité de la ville, les montagnes se profilaient dans toutes les directions, certaines parmi les plus hautes et les plus abruptes des Rocheuses. Et Hank savait que c'était précisément ce spectacle qui les retenait là. Non pas le souvenir de Scott et de Janice ou de ce qui s'était passé dans la maison, mais un horizon aussi clair et éblouissant que du cristal, lumineux sous le soleil de midi. Finalement, Mel se tourna vers lui, et demanda si un jour il l'emmènerait là-haut ; ils pourraient partir à pied de la ville, et camper la nuit, n'emporter que des sacs de couchage.

Puis elle sortit les mains de ses poches et les leva devant elle en formant une espèce de triangle aussi pointu que le toit de l'église au coin de la rue, en entrechoquant ses doigts. Lorsqu'elle lui prit la main, il dut avoir une expression idiote, parce qu'elle partit d'un petit rire, un soupir, et il se rendit compte qu'il ne l'avait jamais entendue rire comme ça.

En passant

Jarrold conduit une Lincoln de location, un modèle neuf auquel il manque pourtant un enjoliveur – sans doute volé dans le parking de l'hôtel à Philadelphie où il vient de passer quelques jours. Jarrold se souvient de sa première voiture, une Plymouth de 1953, un vieux taxi avec des trous dans le toit à la place de l'ancienne enseigne lumineuse. Il se rappelle comment il l'avait conduite ici, le long de Long Beach Boulevard, par de chaudes soirées d'été, et comment parfois des filles en short blanc lui faisaient signe tandis qu'il avançait lentement comme sur un coussin d'air. Mais c'était il y a longtemps, dans les années 1950, quand il était adolescent et qu'il travaillait toute la journée pendant les vacances d'été à bord d'un bateau de pêche sous un soleil de plomb, et qu'il passait ses nuits dans une coque de voilier renversée du chantier naval, chassant les moustiques et pestant contre le plafond de la cabine, qui était si dur. Oh, cette vieille Plymouth était son salut, entièrement repeinte et abondamment personnalisée – absurde au point d'être géniale ; la nuit, il prenait le volant et traversait l'île, du phare de Barnegat jusqu'à Beach Haven, prenant à bord des copains et des auto-stoppeurs qui allaient au cinéma ou qui n'allaient nulle part, puis, comme s'il était vraiment taxi, il les reprenait à la fin de la séance, alors que la nuit était plus sombre qu'il ne l'aurait souhaité et que la brise venue de l'océan se rafraîchissait.

Red, c'est comme ça qu'elle l'appelait. Reddy, à cause de ses cheveux auburn plaqués en arrière. Elle s'appelait Audrey et venait, comme Jarrold, de Philadelphie ; elle l'appela Reddy un soir devant ses potes au Dairy Queen où elle travaillait et il adopta ce surnom tout naturellement.

Donc, il quitta son boulot à bord du bateau de pêche et emménagea dans une souche de séquoia évidé, une ancienne boutique de cadeaux dans la rue principale du centre de Beach Haven, où se trouvaient à présent vingt lits de camp soi-disant réservés aux maîtres nageurs, à vingt-cinq *cents* la nuit. Audrey vivait avec sa mère dans un cottage à Beach Haven Terrace, à cinq kilomètres de là. Jarrold n'osait pas s'approcher plus, d'autant que la mère d'Audrey le trouvait déjà trop près, mais il voyait Audrey tous les jours et parfois ils marchaient tous deux le long de la plage près de l'eau sur le sable mouillé ; une fois, la première fois, par un chaud après-midi du mois d'août, ils avaient nagé près d'un demi-kilomètre, au-delà des vagues afin que personne ne les voie s'embrasser, tandis que le sifflet du maître nageur retentissait et que tout le monde sur la plage regardait dans leur direction.

Maintenant, dans sa Lincoln de location, en cette douce journée de novembre bien des années plus tard, Jarrold roule sur ce même boulevard vers le sud, descendant l'axe de cette île étroite sur la côte du New Jersey, passant par Ship Bottom, Brant Beach, Beach

Haven Crest, traversant Beach Haven Terrace qui a beaucoup changé, pour finalement rejoindre la ville de Beach Haven. Il n'a aucun souvenir de certains bâtiments : il a le sentiment que les complexes hôteliers sur la plage ont été apportés par les vagues depuis Atlantic City, et le petit restaurant qu'il fréquentait jadis a disparu, ainsi que le bar à fruits de mer entouré d'une moustiquaire qui pendant des années avait servi les meilleures palourdes du monde. Mais les vieilles pensions à trois étages sont toujours là, grandes constructions tarabiscotées avec des porches qui font le tour, et pour certaines, avec de grands escaliers extérieurs élaborés, d'un blanc éclatant contre le marron profond des façades à bardeaux. À un pâté de maisons de l'océan, Jarrold s'arrête sur une large avenue devant une enseigne en forme d'ancre fixée à l'une de ces magnifiques demeures. « Chambres, peut-on y lire. Bienvenue », et Jarrold envisage brièvement d'y passer la nuit et de rejoindre New York le lendemain matin. C'est alors qu'un homme âgé, coiffé d'une casquette de capitaine, apparaît à la porte à moustiquaire ; il arbore une barbe blanche et des lunettes sombres derrière lesquelles Jarrold imagine des yeux bleu océan présentement condamnés à rester à terre et se desséchant lentement dans un entrelacs de rides profondes. L'homme soulève sa casquette et ouvre la porte, mais Jarrold s'éloigne d'un coup d'accélérateur, tourne à gauche et s'engage sur le front de mer en direction du nord.

Jarrold est venu seul ici. Il s'est obligé à prendre ces vacances. Deux ans auparavant, encore ébranlé par son divorce, il avait démissionné de son poste de vice-président de Penn Chemical à Philadelphie, déménagé dans le Colorado, et épousé une femme plus jeune que lui, Toni. Il vit à présent dans une ville pittoresque des Rocheuses où il possède avec sa femme un restaurant au pied des pistes. Sauf que Toni est enceinte. Ce qui pose problème, car Jarrold, qui a la cinquantaine, n'est pas prêt à assumer une paternité, d'autant que Toni lui a récemment avoué que l'enfant n'est pas de lui : cette grossesse est le fruit d'une visite furtive à un ancien amant nommé Dwight, dans sa chambre d'hôtel près du restaurant, au petit matin, tandis que Jarrold dormait à la maison. Et donc Jarrold est venu seul ici, en passant, se demandant quand, ou même s'il devait rentrer. Il a rendu visite à de vieux amis à Philadelphie, il est retourné à l'université de Pennsylvanie, où il avait fait ses études, et même à Germantown Academy, l'école qu'il avait fréquentée dans le quartier où il avait grandi. De là, il avait eu l'intention de traverser le Delaware pour regagner l'autoroute du New Jersey jusqu'à New York, ramener la voiture puis se perdre dans la ville et essayer d'oublier.

Mais finalement il se retrouva dans le cimetière de Haddenfield où sa mère était enterrée, et de là il emprunta comme s'il était sur pilote automatique la route 70 au-delà de Red Lion jusqu'à la 72, qui le mena sur la route côtière qui descend au sud vers Manahawkin et qui va dans l'autre sens à Ship Bottom où, durant les années 1940, son père avait eu une maison au bord de la plage et où Jarrold, enfant – oh, comme il s'en souvient encore clairement ! –, s'était caché dans une remise le week-end du Labor Day pour ne pas devoir rentrer en ville et retourner à l'école. Son père vendit la maison en 1948, suite à de mystérieuses pertes subies par Penn Chemical, et, à partir de ce moment-là, Jarrold passa chaque été à

Philadelphie, pendant huit longues années, jusqu'à ce qu'il soit assez âgé pour conduire sa propre voiture.

Comme cela s'était passé, ils dirent que c'était de sa faute. La mère d'Audrey et même ses potes dirent qu'il savait qu'elle ne nageait pas si bien, et qu'est-ce qu'il avait voulu prouver, de toute façon, en nageant presque jusqu'aux filets de pêche ? La police l'arrêta et le garda en détention jusqu'à ce que le corps soit retrouvé, mais aucune plainte ne fut déposée. Ensuite, il ne put assister à l'enterrement, non pas à cause de la mère d'Audrey, mais parce qu'il était trop assommé, trop perdu et anéanti par un sentiment que bien des années plus tard il identifierait comme étant le chagrin.

Voici ce qui s'était passé : ils étaient « sortis » ensemble presque tout le mois d'août. Ils étaient ensemble, et tout le monde le savait. Elle était aussi grande que Jarrold, presque un mètre quatre-vingts, et elle avait des yeux verts et opalescents qui, quand elle les posait sur lui, le faisaient fondre au plus profond de lui-même ; parfois, tandis qu'ils roulaient le long du boulevard, elle le regardait fixement et il faisait semblant de se concentrer sur la route, et, lorsqu'il n'en pouvait plus il la regardait et elle souriait, dégageait d'un coup de tête les cheveux de son visage et embrassait son cou, embrassait son bras depuis son épaule jusqu'à ses doigts posés sur le volant.

Ils se garaient sur la plage, et marchaient vers le nord en s'éloignant du poste de surveillance des maîtres nageurs, puis avançaient dans l'eau jusqu'à la barrière de sable, où parfois il y avait si peu de profondeur qu'ils pouvaient s'agenouiller à cinquante mètres de la plage sans que les vagues montent au-dessus de leur poitrine. Mais la mer les attirait au-delà, et ce fut dans l'eau plus profonde qu'un jour Jarrold tomba amoureux tandis qu'elle l'enlaçait en l'embrassant passionnément et s'abandonna à lui comme si elle se défaisait de la pesanteur elle-même. Chaque après-midi, ils y retournaient, de plus en plus loin, atteignant puis dépassant chaque jour les limites de leur amour.

Jarrold décide à Haven Beach de regagner le boulevard pour se ressaisir : il y a de nouvelles maisons, il y en a probablement d'autres vers le nord, et Jarrold n'est pas sûr de reconnaître la rue. Mais un pâté de maisons après avoir tourné à la taverne de Beach Haven Terrace, il se rend compte qu'il avait tort : il n'aurait jamais pu se tromper, quelle que soit la route par laquelle il arriverait : c'est une rue qui n'a pratiquement pas changé, avec sa rangée de maisons rectangulaires dans le style Cape Cod, avec des toits de tuiles claires et de larges étendues de gravier. Au croisement avec le front de mer, il la voit, la deuxième sur la droite ; les volets sont bleus à présent, et les pots de fleurs ont disparu, mais c'est le même cottage, vieux de cinquante ans et qui semble presque neuf avec sa nouvelle couche de peinture blanche.

Jarrold continue sur le front de mer et se gare. Quelque part, un chien aboie, son familier. Il sait que s'il se tourne et qu'il regarde par-dessus le siège, il verra le cottage à travers le pare-brise arrière. Il est émerveillé par la précision de son souvenir : elle se tient pieds nus sur le seuil de la porte, brossant ses cheveux, ses longues jambes bronzées brillantes d'huile, son maillot de bain d'un blanc éclatant sous le soleil aveuglant de midi ; il la regarde dans le rétroviseur tandis que, nonchalante, elle tourne à l'angle de la rue où il l'attend. Comme si sa mère n'allait se rendre compte de rien s'ils agissaient ainsi.

Et dans une mer d'huile, sous un ciel entièrement dégagé, avec le soleil qui lui brûlait la nuque tandis qu'il nageait devant elle, se dirigeant paresseusement vers la plage... elle disparut à tout jamais. Elle se noya sans un cri, et la police dut finalement emprisonner Jarrold non pas parce qu'elle le croyait coupable, mais simplement pour l'empêcher de partir à sa recherche à la nage.

Ses amis vinrent le voir, mais il ne pouvait répondre à leurs questions. Les flics lui dirent trois jours plus tard qu'elle avait finalement échoué sur la plage, son Audrey, tellement abîmée qu'ils durent dissimuler son corps dans le sable jusqu'à l'arrivée de l'ambulance. Jarrold quitta la prison cette nuit-là et, à bord de son vieux taxi, roula aussi loin qu'il put vers les terres, loin de la mer, loin du sable, de l'air marin et du soleil matinal, jusqu'à ce qu'il tombe en panne d'essence et soit obligé de regagner Philadelphie à pied.

La plage est vide. Jarrold se débarrasse d'un geste de ses mocassins et s'élance sur le sable, puis s'arrête et enlève ses chaussettes, remonte son pantalon jusqu'à ses genoux. Le sable est frais sous ses pieds délicats, la plage est plus étroite que dans son souvenir. Il marche vers le nord, s'éloigne du poste de surveillance des maîtres nageurs, renversé sur le sable. La mer est calme et presque sans vagues. Il aperçoit quelques personnes au-delà de la jetée, un homme courant au bord de l'eau, des amoureux au pied d'une dune. Il continue de marcher. Il y a une dénivellation d'une trentaine de centimètres dans le sable, là où la marée est montée, vestige d'un orage récent, et la plage est plate et parfois cannelée, comme creusée par des vagues violentes puis lentement réparée par une brise délicate mais persistante. Du bois flotté et une bouteille en plastique sont échoués parmi les algues, goémons et laitues de mer, et les débris de bulots et de coques. Des bécasseaux se dispersent à son approche, et une sterne plonge près de l'eau, change d'avis, et s'envole nonchalamment.

Soudain, Jarrold s'immobilise et regarde derrière lui, puis se retourne vers le nord. C'était là – les bateaux de pêche ont disparu, mais les pilotis à plus d'un kilomètre et demi au large n'ont pas changé de place. Il sait qu'il y est, mais il sait aussi *pourquoi* il est venu, et pourtant la raison lui échappe. Une petite vague, un peu plus grosse que les autres, déferle, et l'eau glacée surprend ses chevilles. Le ressac l'entraîne, mais ses pieds s'enfoncent dans le sable, et il pense au vieillard de la pension. Il avance dans l'eau, hésite, puis continue. Il est à hauteur de genoux dans l'eau glacée, son portefeuille, son pantalon et sa chemise sont déjà trempés, et un moment plus tard il a dépassé la ligne des vagues et plongé dans les profondeurs. L'eau l'engourdit rapidement, le berce et bientôt il flotte sur le dos, presque entièrement submergé. Il essaie d'imaginer ce que c'est de se noyer. Son visage est happé par le soleil, mais il entend et perçoit seulement le silence colossal de la mer, et lentement, son corps se balançant dans le courant, il est envahi par une sensation de liberté, comme si, en passant par ici, il avait franchi un portail invisible qu'elle avait depuis tout ce temps laissé ouvert.

Refuge

Il y a des animaux partout. Pauvre Harry, pense Toni. Son beau-père ne correspond pas à l'image qu'elle s'était faite de lui – du moins, il ne ressemble pas à ce que Jarrold lui avait décrit. Sept chiens et dix chats. Comment s'en sort-il avec cette équipe de branquignols, ces « réfugiés des guerres animalières du comté », comme dit Harry, même si Toni le soupçonne d'avoir trouvé la plupart d'entre eux à la fourrière.

Toni trouve supportables deux membres de cette bande, dont chacun a été baptisé par Harry : Rocko, corniaud en chef et médiateur entre les espèces humaines et canines ; et Frank le pompier, le chat le plus rapide de l'Ouest, toujours premier à répondre à une alerte à la nourriture. Mais deux d'entre eux la laissent de marbre : Snag, moitié berger allemand, moitié barracuda, qui a ouvert hier à coups de dents une boîte de viande en conserve ; et une chatte paranoïaque – Loreta –, fantôme noir et sinistre à moitié sauvage qui vit dans la forêt, et qui apparaît tard la nuit à la fenêtre de Toni, rien que pour lui faire peur, pense-t-elle. Les autres membres de cette horde de quadrupèdes l'indiffèrent plus ou moins, mais Harry se soucie de chacun d'entre eux, surtout lorsqu'ils lui font leur grand numéro qui consiste à trembler devant sa porte en espérant obtenir un supplément de nourriture. Néanmoins, il applique scrupuleusement la seule loi immuable du ranch : interdiction à tout animal de pénétrer à l'intérieur de la cabane.

Toni est enceinte de huit mois, et elle est venue « faire son nid » ici, comme elle l'a dit à Harry. Lorsque Jarrold est parti, elle a passé près de deux semaines seule dans leur maison vide de Crested Butte, faisant de son mieux pour s'occuper de leur restaurant, mais elle a fini par trouver la solitude pesante. De plus, elle ne voulait pas que Dwight revienne et la trouve seule. Elle avait donc laissé les rênes du restaurant à Hank, le barman, et fait son sac. Elle a songé à se rendre chez sa mère à Denver, mais, vu les problèmes de sa mère avec l'alcool... elle ne voulait pas retourner dans le passé, surtout maintenant que son bébé allait naître. Elle est donc venue ici, en partie parce que Harry l'a invitée, mais aussi parce qu'elle n'a pas d'autre endroit où aller, même si ce n'est pas exactement l'idée qu'elle se fait d'un « nid ».

Cette cabane à quatre pièces presque centenaire est située sur trente-deux hectares de montagne dans le Colorado. Harry vient d'y faire plusieurs mois de travaux, afin de pouvoir y vivre confortablement. Pour Harry, être « chez soi » avait toujours signifié être à Philadelphie dans la maison couverte de lierre de son enfance ; elle jouxtait l'école Quaker dans la partie la plus tranquille du quartier de Germantown. Mais, peu après le décès de sa femme, il quitta son poste de président-directeur général de Penn Chemical pour prendre sa retraite, vendit la maison et s'installa ici. « Pourquoi pas ! » avait-il dit à Toni un jour lorsqu'elle lui avait demandé pourquoi il était allé jusque dans le

Colorado. « Comment échapper aux visages inquiets devant ma porte, aux gestes de compassion, aux petits plats préparés ? Comment être seul, sinon ? »

Il vendit donc sa maison style Tudor dans le quartier de Germantown et appela Jarrold le lendemain, pour lui annoncer qu'il venait d'acheter sans l'avoir vu un ranch à cent kilomètres de chez eux, sur le versant ouest des Rocheuses. Les fenêtres n'avaient pas de carreaux, il n'y avait pas d'eau courante, et la cuisine se résumait à un poêle à bois hors d'usage et un billot. Mais il y avait de l'électricité, et avec l'aide de l'homme à tout faire d'un ranch voisin, la cabane ne tarda pas à ressembler à celle dont Harry avait rêvé : parquets en chêne vitrifiés, murs lambrissés, table de travail et fauteuils rembourrés dans chaque pièce. Pour Toni, c'est plutôt le « bureau » de Harry, trop sérieux à son goût, avec trop de bois et trop ordonné.

Cependant, les toilettes sont à l'extérieur. Harry prétend qu'il n'installera la plomberie qu'après avoir obtenu le raccordement de son terrain à l'eau de la commune. En fait, il y a deux lieux d'aisances dehors : un ancien toujours en état de marche près du poulailler, et un nouveau plus luxueux, en pin brut, encore en construction au-dessus du trou étroit que l'homme à tout faire avait eu la présence d'esprit de creuser avant le gel. Il est sur le point d'être achevé ; il faut poser des tuiles sur le toit en pente, fixer le siège, accrocher la porte. L'endroit rappelle à Toni le style Ozark. Elle affirme que c'est la partie la plus intéressante du ranch, et Harry lui répond d'un sourire complice ou exaspéré, elle ne sait pas. Le problème avec ces toilettes extérieures – en dehors du problème de toutes les toilettes extérieures –, c'est qu'elles sont trop éloignées, à plus de trente mètres de la cabane, à l'orée du bois. Pour y accéder, il faut traverser le jardin à l'arrière, puis marcher en équilibre sur une planche étroite au-dessus d'un fossé d'irrigation. Toni ayant déclaré l'endroit « flippant » le soir, Harry a fait passer une rallonge depuis la cabane jusqu'aux arbres, puis a décoré ses nouvelles toilettes avec une guirlande de lumières multicolores et clignotantes. Ainsi, la nuit, et pour le plus grand plaisir de Toni, leur coin de montagne scintille comme un ovni tout juste atterri.

Aujourd'hui, elle se rend à l'aéroport de Grand Junction, à une heure de route. Jarrold a appelé hier de Philadelphie, disant qu'il avait téléphoné au restaurant et parlé avec Hank, qui lui avait dit où elle se trouvait, qu'il rentrait à Crested Butte, qu'il voulait parler avec elle, et qu'il en profiterait par la même occasion pour voir la nouvelle maison de son père. Elle n'a pas la moindre idée de ce qu'il a l'intention de lui dire. Quand, le mois dernier, elle lui avait avoué enfin que le bébé n'était pas le sien, il était parti. Après avoir traîné sa peine dans la maison pendant deux jours, refusant de la toucher ou de lui parler, il lui avait demandé debout sous le porche, valise à la main, comment elle savait que Dwight était le père. Mais elle le savait ; elle le savait tout du long, depuis l'instant où elle avait quitté Dwight dans la chambre du motel où elle l'avait rejoint le lendemain de sa visite, sept mois auparavant.

Dwight l'avait appelée au restaurant et elle l'avait rejoint pour lui dire de partir, que les choses étaient différentes à présent. Mais, comme toutes les autres fois, il l'avait convaincue de le faire une dernière fois ; il exerçait sur elle un pouvoir mystérieux, lui donnant l'impression d'être redevable ; il était exact qu'elle ne l'avait jamais aimé comme il l'avait aimée durant leurs années passées ensemble, et c'est pour cette raison – ainsi que pour tout ce qui lui était arrivé depuis – qu'elle avait le sentiment de lui devoir quelque chose. Mais c'était aussi du sexe à haut risque, avec toujours ce danger d'être découverts, de s'exposer au désastre : elle connaissait trop bien cette situation, et elle savait que ce ne serait jamais pareil avec Jarrold.

Et le désastre était survenu, le miracle des miracles, bien qu'elle prenne la pilule. Elle était enceinte, et n'arrivait pas à le dire à Jarrold. Dwight se volatilisa comme il était apparu, dans un mensonge, et elle se retrouva face à la vérité, avec la nécessité de le dire à Jarrold. Un avortement était hors de question. Jarrold était aux anges, pensant que le bébé était le sien, tandis qu'elle était rongée de l'intérieur. Un soir, submergée par la culpabilité, n'en pouvant plus d'avoir été aussi faible, elle poussa un cri et renversa la lampe de chevet. Jarrold se redressa soudain dans le lit, et ce fut la première fois qu'elle le voyait avoir peur.

Elle comprit que Jarrold avait besoin de s'éclaircir les idées, de partir, mais elle savait aussi qu'il se demanderait désormais quand cela allait se reproduire. Elle savait ce qu'il pensait : Dwight n'était pas le seul menteur – et comment dire le contraire ? Avant de rencontrer Jarrold, sa vie avec Dwight n'avait fait qu'osciller entre promesses et déceptions. Lorsque cela lui était devenu insupportable, elle était venue vivre dans les montagnes ; elle voulait recommencer. Puis elle rencontra Jarrold lorsqu'il emménagea à côté de chez elle. Il était parfait. Sûr de lui, détendu, organisé – ils sont, sous bien des rapports, totalement opposés – , et elle admirait le courage dont il avait fait preuve en partant refaire sa vie dans une ville et un secteur dont il ignorait pratiquement tout. Il l'avait engagée pour gérer son nouveau restaurant. Ils se marièrent. Ils devinrent partenaires. Ils le sont toujours – mais aura-t-il encore confiance en elle ? Comment le convaincre que l'histoire avec Dwight est bel et bien terminée ? Elle est certaine d'une chose : jamais elle ne permettra que son bébé devienne l'emblème de son erreur, ni dans l'esprit de Jarrold ni dans le sien ; il est hors de question que cet enfant donne à Dwight la moindre emprise sur leur avenir.

L'avion de Jarrold est à l'heure. Il a l'air fatigué ; il a vieilli ; ses cheveux sont ébouriffés et son visage gonflé de sommeil. Costume dans une main et anorak dans l'autre, il n'esquisse aucun geste pour les poser lorsqu'il la salue d'un simple « Bonjour ».

Toni conduit ; Jarrold regarde par la vitre côté passager. Ils traversent Grand Junction et empruntent l'autoroute 50 vers l'est et le ranch de Harry. Jarrold n'est jamais venu ici ; d'ailleurs, il n'a pas revu son père depuis l'enterrement de sa mère à Philadelphie, où il s'est rendu en avion avec Toni au printemps dernier. Les retrouvailles de Jarrold et Harry ont été courtoises, mais guère plus. Sans accolades et encore moins de larmes ; Harry aurait voulu qu'ils dorment à la maison, mais Jarrold avait pris une chambre d'hôtel, affirmant que la vieille maison contenait trop de souvenirs. Jarrold avait été choqué lorsque, à peine un mois plus tard, Harry avait quitté Penn Chemical et déménagé, précisément dans le Colorado. Toni se demande comment ils s'entendront à présent, surtout que depuis sa retraite Harry s'est, pour reprendre son propre terme, « épanoui ». Elle se demande ce que Jarrold pensera du ranch de son père. Elle se demande aussi ce qu'il pensera de leurs toilettes extérieures dignes de Las Vegas.

Elle ne va pas tarder à le savoir : à peine a-t-elle tourné dans l'allée que c'est un véritable remue-ménage sous le porche – des griffes cliquettent tous azimuts et des jappements s'élèvent dans le jardin et autour de la voiture. Toni s'arrête, coupe le moteur. Jarrold descend et se retrouve immédiatement entouré de chiens qui lui reniflent les chaussures. Jarrold les fixe, inquiet, puis jette à Toni un regard par-dessus ses lunettes de soleil, comme pour dire : « Je parie que c'est ton idée, ce zoo ! »

À l'intérieur, Jarrold pose sa valise et serre la main de Harry. Il demande immédiatement à visiter la cabane. Il dit à Harry qu'elle sort droit des pages de *Town & Country*, et, lorsque Harry lui répond : « Plutôt *Outdoor Life* », Jarrold hausse les épaules, hoche la tête et le suit dans la cuisine.

Harry a préparé un rôti pour dîner. Pendant que Toni était à l'aéroport, il a même mis le couvert, tâche qui revient à Toni depuis qu'elle est là : Harry achète la nourriture, elle la prépare ; elle met le couvert et lave la vaisselle. Harry a placé Jarrold et Toni du même côté de la table, en face de lui. Il sort le rôti du four, l'apporte à table et annonce d'un coup que le dîner est prêt et qu'il vient de mettre les dernières touches aux toilettes extérieures, accroché la porte et rajouté un siège rembourré acheté par correspondance. Jarrold le regarde comme s'il était cinglé.

Le dîner est excellent : Harry s'est dépassé. Père et fils vident leur second cognac tandis que Toni finit de ranger la vaisselle. Pendant le dîner, Harry a parlé principalement de lui : de son départ dc Penn Chemical, de son déménagement, de la rénovation de sa cabane. Puis il a voulu des nouvelles de leur restaurant, sujet qu'il n'avait pas abordé avec Toni depuis qu'elle était là. Jarrold lui a raconté toute l'histoire, de la location du terrain et du début des travaux jusqu'à l'embauche du personnel et l'ouverture, sans cesser de regarder Toni et de l'inclure dans son récit, ce dont elle lui est reconnaissante.

Il est tard, et Harry annonce qu'il est fatigué. Jarrold met son manteau et dit qu'il va tenter une sortie jusqu'aux toilettes. Harry offre de lui montrer le chemin, mais Jarrold dit être sûr de les trouver : elles ne passent pas exactement inaperçues. Harry lui apprend qu'il sera le premier à les utiliser, ce qui semble légitime, étant donné qu'il est ce soir l'invité d'honneur.

Jarrold sort par la porte de derrière. Harry fait un clin d'œil à Toni et lui dit qu'il parie que Jarrold n'a jamais de sa vie utilisé des toilettes extérieures. La température a chuté dans les dernières heures, et il neige. Toni se surprend à triturer ses ongles, tandis que le regard de Harry se perd dehors par la fenêtre de la cuisine. Toni a l'impression d'attendre avec Harry le retour d'un éclaireur parti pour une dangereuse mission, un soldat envoyé en reconnaissance en territoire ennemi.

Soudain, Harry est frappé de stupeur, et, lorsque Toni lève les yeux, elle voit la porte des toilettes rebondir sur ses gonds, se refermer en claquant, puis se rouvrir, et voici Jarrold qui émerge de l'intérieur scintillant, le pantalon baissé aux genoux, chancelant dans la neige. Il glisse sur la planche, tombe à moitié dans le fossé, et Toni se précipite dehors, se tenant le ventre en courant vers lui. « Mon Dieu ! entend-elle

Harry dire depuis la porte, c'est *vraiment* la première fois qu'il utilise des toilettes extérieures. »

Jarrold boitille jusqu'à la cabane. « Il y a un serpent là-dedans », dit-il. Il tremble. Ses yeux sont énormes. Un serpent ? pense Toni. Quel genre de serpent braverait un temps pareil, et, même s'il le faisait, ne serait-il pas trop engourdi par ce froid pour mordre ? « Il m'a m-mordu », bégaie Jarrold, et, prenant la main de Toni, il l'entraîne dans sa chambre.

Comme Jarrold n'arrive pas à voir sa blessure dans le miroir, Toni l'examine. Cela ne ressemble pas à une morsure de serpent, donc elle tend à Jarrold une serviette et lui dit d'attendre. Elle ressort dehors munie d'une lampe de poche. Harry lui crie d'être prudente avec son gros ventre, et de faire attention en passant sur la planche. Une fois dans les toilettes elle éclaire le fond du trou et découvre Loreta, la chatte, qui la regarde fixement. Soudain, elle saute et s'accroche au bord du siège avec ses griffes ; Toni l'attrape par la peau du cou, la pose sur son épaule, sort des toilettes et marche sur la planche ; elle est presque rendue à la cabane lorsque l'animal s'échappe et disparaît dans le bois.

« C'était ça, le serpent ? demande Harry, toujours devant la porte, et Toni doit serrer les dents pour s'empêcher d'éclater de rire.

– Elle s'était réfugiée dans la fosse, dit Toni. Elle a eu peur quand Jarrold s'est assis. »

Il est midi. Toni a passé la matinée à faire ses sacs, à remettre à leur place les meubles et les bibelots de Harry dans la chambre d'amis où elle vient de passer un mois. Au petit déjeuner, Harry a raconté comment, lorsqu'il était gamin, il s'était battu avec son meilleur ami, Corky O'Hara, à cause d'une carte de base-ball, chacun étant sûr que l'autre l'avait volée dans l'album qu'ils partageaient. À ce moment-là, le dur du quartier, une grosse brute nommée Newton, passait à vélo. Concentré sur leur pugilat, Newton chuta, tomba bêtement et se retrouva le derrière sur le trottoir. La vision de Newton encastré dans son vélo abîmé, puis de Newton furibond se relevant avec difficulté, les frappa tous deux d'une hilarité telle que Corky O'Hara faillit en être malade, riant de Newton, puis de Harry qui riait de Newton, puis les yeux dans les yeux ils rirent chacun de l'autre qui riait. Newton finit par revenir et par leur mettre une raclée pour s'être moqués de lui... tout cela pour dire que l'accident moyennement amusant de Newton libéra en eux un geyser de sentiments réprimés, une fontaine de fous rires et de cris qui libérèrent une émotion refoulée vieille d'une semaine, et grâce à laquelle ils purent tous deux oublier leur rancœur ; en fait, le temps que Harry mène Corky dans la salle de bains de sa maison, l'idée qu'ils se soient mis en colère l'un contre l'autre à cause d'une carte de base-ball lui semblait en soi d'une drôlerie indicible.

Et c'est ce qui, naturellement, arriva à Jarrold et à Toni : le moment embarrassant de Jarrold dans les toilettes fut la fissure dans le barrage, leurs rires, le coin qui s'y enfonça. Retournant dans la chambre, elle lui expliqua qu'il avait eu affaire à Loreta, et se mit bien malgré elle à ricaner au souvenir de Jarrold titubant dans la neige, et des griffures sur ses fesses ; Jarrold sourit, et bientôt ils étaient en train de rire tous deux assis sur le lit. Puis Toni pleurait, les bras autour du corps, en disant qu'elle était désolée ; et elle sut que le reste suivrait, le temps aidant.

Et il est donc midi. Elle rentre à Crested Butte avec Jarrold. Crested Butte lui manque ; elle aime sa maison, son travail, elle apprendra à aimer Jarrold. Jarrold dit à Harry que c'est à cause de lui qu'ils partent, qu'ils prennent ce nouvel élan – puisqu'il avait interdit aux animaux de pénétrer dans la cabane !

Ces animaux ! Ils s'agitent tant autour de Toni qu'elle a du mal à mettre les bagages dans la voiture. Il y a déjà un chat sur le siège avant qui l'empêche de fermer la porte, et Snag aboie à présent comme s'il exigeait qu'elle lui dise où elle va. Et Loreta ? Toni se dit qu'elle doit encore être tapie dans les toilettes ; Harry sera obligé de la convaincre de les quitter une fois pour toutes.

Jarrold sort de la cabane avec sa valise. Harry se tient derrière lui dans l'embrasure de la porte. Tous les chiens et plusieurs chats sont désormais dans la voiture. Génial, pense Toni. Harry les appelle, mais les chiens ne font qu'aboyer en remuant la queue. Il dit à Toni qu'il a une idée. Il a recommencé à neiger, de minuscules flocons se déposent parcimonieusement comme de la poussière sur le jardin gelé. Installé derrière le volant, Rocko regarde par le pare-brise, tandis que Snag occupe le siège passager. Harry ouvre la porte et agite une gamelle pleine de nourriture sèche. Les oreilles de Rocko se dressent, et il bondit immédiatement hors de la voiture, suivi de près par Frank le pompier, puis Snag et une paire de clébards d'une laideur apocalyptique appelés Vénus et Adonis ; un trio de chats ferme la marche. Ils se massent devant la porte, reniflant comme s'ils redoutaient un piège. Finalement, Rocko accepte l'invitation. Il pénètre timidement à l'intérieur en remuant les oreilles, flairant l'air de sa truffe noire et brillante. Il lève la tête et regarde Harry comme pour dire : Vraiment ? et lorsque Harry lui caresse la tête, Snag pose une patte sur la marche et sourit. Cela prend du temps, mais ils sont tous à présent dans la cabane, les yeux écarquillés, le nez en alerte, examinant la maison de cet étrange vieillard qui les a adoptés.

Jarrold retrouve Harry dans l'allée, lui serre la main et dit qu'il est attendu de pied ferme à Crested Butte pour le repas de Thanksgiving. Toni l'enlace, le remercie ; il sourit en détournant la tête et elle se demande s'il va souffrir de la solitude après son départ, ou si au contraire il sera heureux d'être enfin tranquille.

Jarrold met le moteur en marche. Toni claque la portière côté passager. Harry disparaît dans la cabane, puis réapparaît soudain dans l'embrasure de la porte. Il fait un signe de la main, contourne rapidement la cabane, puis traverse la planche et le fossé. Il devra faire vite, pense Toni, sinon Snag mangera à lui seul toutes les boîtes de conserve dans la cuisine. Harry pénètre dans les toilettes et en ressort aussitôt, une boule de fourrure noire serrée contre sa poitrine. « T'as vu ça », dit Jarrold, comme si Harry tenait un serpent et non un chat. Harry s'arrête et fait un nouveau signe de la main, tandis que Jarrold, arrivé au bout de l'allée, lui renvoie son geste. Toni frissonne, remonte la vitre. Le bébé donne un coup de pied.

Hôpital

« Ça leur a pris un mois avant qu'ils se décident à m'envoyer ici, dit Monk. Je boitais dans ma cellule, je rampais dans le couloir jusqu'à la douche, et pendant tout ce temps ils croyaient que je jouais la comédie pour avoir de la came. Putain, ils avaient plus d'aspirine, alors tu sais ce qu'ils m'ont donné ? Du Midol. Comme si j'avais mes règles, je te jure ! »

Je savais de quoi il parlait. J'avais passé des semaines dans ma cellule avec une hernie discale après être tombé d'une échelle, essayant chaque nuit de dormir assis, la tête appuyée contre la table en fer près de ma couchette ; l'œdème avait fait enfler mes chevilles comme des melons, parce que je ne pouvais pas m'allonger. Les surveillants pensaient que je simulais.

« Finalement, j'leur dis : “J'veux pas d'vot'foutu Midol. J'veux pas de vos excuses. Vous m'envoyez à l'hôpital ou je vous fais un procès.” Je te le donne en mille, le lendemain, ils m'expédient ici. » Monk rit doucement, et jeta un coup œil à Marty Gold dans le lit à côté du sien. « Hé, Mart, combien de temps ça t'a pris, à toi ? »

Marty regardait dans ma direction, droit devant lui de l'autre côté de la chambre, ses yeux se perdant bien au-delà du mur. Marty avait de sévères colites. Il avait subi une batterie de tests, et ce matin même on lui avait fait une sigmoïdoscopie. Vitreux et apathiques, ses yeux sombres s'enfonçaient dans son visage pâle et lunaire.

« Des années », dit Marty.

Monk donna un coup de menton en avant. « Allez, Mart, dis la vérité, ça prend pas des années pour se faire envoyer à l'hôpital. Quelques semaines, peut-être quelques mois, mais pas des années. C'est pas au vieux singe que tu vas apprendre à faire des grimaces.

– J'avais des douleurs, dit Marty. Et des gaz. J'ai eu des gaz pendant des années. »

Monk explosa, secoué par ce qui ressemblait plus à une quinte de toux qu'à une manifestation d'hilarité, un éclat de rire tonitruant qui fit sursauter tout le monde sauf Al. Monk secoua la tête, tira sur le bout de son nez, ramena sur le lit la lourde chaîne fixée à sa cheville, et secoua la tête derechef. Finalement, il dit : « Ils te l'ont réparé, Mart ? Ils ont réparé ton popo ? Ils ont mis un nouveau sifflet sur ta vieille bouilloire, hein, Mart ? »

Lorsque l'infirmière Camden arriva pour procéder aux examens du matin, elle était flanquée de quatre nouveaux stagiaires : deux filles et deux garçons que je n'avais jamais vus au cours de la semaine que je venais de passer là. L'une des filles, une blonde à la poitrine généreuse, était presque jolie, avec des yeux bleus exorbités et des lèvres roses comme des babines de caniche, à peine sortie du lycée, pensai-je, et nerveuse, serrant contre ses seins son écritoire à pince, évitant nos regards, se méfiant de nous comme ils le faisaient tous. Et comment leur en vouloir ? Nous étions dans un service de chirurgie réservé aux détenus, tout un service rempli de prisonniers, trois ou quatre par chambre, et tous, selon leur manuel, des desperados, des voleurs, peut-être même des violeurs ou des assassins en provenance des diverses maisons d'arrêt de l'État. Comment étaient-ils donc censés nous traiter ? Avec vigilance. Et que leur avait-on demandé de faire durant cette première semaine ? Des tâches mineures, mais qui les mettaient directement en contact avec nous : prendre la température, la tension, distribuer bouillottes et bassins, contrôler intraveineuses et cathéters, s'assurer que nous avions de l'eau. Monk était aux anges, il n'en revenait pas ; l'expression sur son visage tandis qu'ils pénétrèrent dans la pièce rappelait celle d'un enfant au cirque, quand les clowns maladroits font leur entrée en traînant leurs savates pour chauffer le public.

Mais l'infirmière Camden n'était pas drôle : elle avait la cinquantaine bien sonnée, et l'air d'avoir travaillé suffisamment longtemps avec des détenus pour se convaincre que son métier était mésestimé, et suffisamment longtemps aussi pour savoir que si elle nous donnait le doigt on prendrait le bras. Nous étions quatre dans la chambre, Marty et Monk à gauche, Al Garcia et moi à droite, et l'infirmière Camden n'était pas près de se prendre d'affection pour aucun d'entre nous ; elle se planta au milieu de la pièce, mains sur les hanches, se tenant devant nous dans son uniforme bouffant et blanc comme un bouddha dans un sac à linge, tandis que les stagiaires s'affairaient autour de Marty Gold ; le temps qu'ils arrivent au lit de Monk, ce dernier grimaçait et papillonnait des paupières, singeant ridiculement un homme souffrant le martyre, les bras déjà tendus vers la blonde aux nichons pointus.

« C'est carrément pas juste, lança-t-il passionnément. Un homme comme moi, allongé là, avec ma douleur, la moindre des choses serait de me faire un gros shoot et de me masser le dos. » La blonde s'immobilisa au pied du lit, et Monk, se redressant avec difficulté, gémit. Un stagiaire se précipita pour lui enfoncer un thermomètre dans la bouche. Monk, qui avait beaucoup de choses à dire à la blonde, en fut soudain empêché, et déjà l'infirmière Camden et les autres traversaient la chambre en direction d'Al Garcia.

Pauvre Al, il était tétraplégique après avoir reçu une balle durant une tentative d'évasion de la prison du comté, on en parlait depuis des semaines dans les journaux : braqueur de banque de premier plan, il ne menaçait jamais verbalement les caissiers ; il leur remettait des messages violents d'une écriture exquise et élaborée ; les flics l'avaient surnommé le « bandit calligraphe ». À présent, il pouvait à peine tenir sa tête droite, et il ne parlait pas beaucoup ; l'une des seules choses qu'il m'ait dites au cours de la semaine était qu'il avait soif, puis il m'avait demandé de presser le bouton d'appel pour faire venir une infirmière. Cependant, avant l'arrivée de Marty et de Monk, il me dit, dans une rare effusion verbale, qu'il ne pouvait même pas se tuer, c'était ça le problème, il ne pouvait pas se trancher les veines ni même se noyer en enfonçant sa putain de tête dans les chiottes, c'était grave à ce point. Je me suis alors demandé s'il allait solliciter mon aide, mais, comme s'il avait lu dans mes pensées, il étira les coins de sa bouche en un sourire chagrin et me dit que personne de sa connaissance n'était bête au point de se faire inculper de meurtre rien que pour lui rendre service ; qui risquerait la perpétuité ou la peine de mort pour avoir abrégé les souffrances d'un légume ?

La fille à la poitrine remarquable prit ma température. Elle avait des yeux fureteurs et peureux comme ceux d'une salamandre, et des lèvres bizarrement avancées comme si elle était sur le point de siffler, et je pensai, lorsqu'elle enfonça sans ménagement le thermomètre sous ma langue, que j'avais de la chance de ne pas avoir une blessure à la bouche, et que, de toute façon, les femmes aux seins gros comme des obus ne m'ont jamais attiré.

« Hé ! Camden, cria Monk de l'autre côté de la chambre, après que le stagiaire eut sorti le thermomètre de sa bouche. Il est où, le toubib ? Qu'est-c'qu'y va faire pour mon dos, le vieux Sportif ? »

L'infirmière Camden se retourna ; sa bouche en bec de hibou formait une grimace perpétuelle sur son visage impavide. Je sus immédiatement, en la voyant pour la première fois, qu'elle appliquait strictement le règlement, non seulement au travail, mais aussi dans sa voiture en allant travailler et probablement chez elle avant et après le travail. « On a prévu de vous faire un myélogramme, monsieur Pulaski, dit-elle à Monk. Cet après-midi. » Elle heurta avec son écritoire à pince la barre métallique au pied de mon lit. « Vous n'avez qu'à demander à M. Pitts. Il vous dira comment ça se passe. »

Ce qui était sa façon de faire de l'humour, puisqu'elle savait, comme tout un chacun dans cette pièce, que je ne parlais pas. Je ne parle plus depuis que je suis gamin, et même si j'ai parlé jusqu'à l'âge de neuf ou dix ans, je me souviens à peine aujourd'hui de l'effet que cela faisait. Ceux qui ne me connaissent pas pensent que je fais semblant ou que je suis trop bête pour faire des phrases, mais la vérité, c'est que je ne peux pas parler : les mots se forment dans ma tête, je peux penser, je peux écrire, mais bizarrement, cela ne franchit pas mes cordes vocales, même si ce n'est pas un problème physique, et que rien ne me manque. Ça s'est passé dans mon enfance : mon père me battait, j'ai cessé de parler, et le tour était joué.

Monk se redressa, grimaça de douleur et se mit à me regarder avec suspicion. J'ai été moi aussi à moitié paralysé à cause de la sciatique, obligé de supplier chaque jour les surveillants de l'établissement de moyenne sécurité de me donner de l'aspirine ou du Tylenol. Finalement, ils m'amenèrent ici, où d'autres surveillants me déshabillèrent, me fouillèrent, me donnèrent une blouse d'hôpital, me menottèrent les chevilles et me conduisirent à un lit. Les infirmières me firent leurs tests habituels et remplirent leurs paperasses pendant quelques jours, tandis que je transpirais et essayais de dormir. Puis ils m'envoyèrent en bas pour faire un myélogramme. Deux jours plus tard, ils me shootèrent au Demerol et m'emmenèrent en fauteuil roulant jusqu'au bloc opératoire. Une laminectomie, opération de routine – ablation d'un disque lombaire –, mais quelque chose s'était mal passé, et à présent je n'avais plus de sensation dans ma jambe gauche de la hanche aux orteils. Le chirurgien responsable se nommait Sortif. Dr Ildefonso Sortif. Un charcutier étranger au regard fuyant, celui précisément qui allait s'occuper de Monk. Monk n'arrivait jamais à se souvenir de son nom. « Hé ! Sportif, disait-il lorsque le toubib faisait ses visites. Vous le faites quand, mon dos ? Allons-y, Sportif, j'ai que quarante ans à me taper avant d'avoir une chance de sortir ! »

Je lançai un avion à Monk. Je m'étais perfectionné au fil des années : j'écrivais un message sur une feuille de papier avec laquelle je confectionnais un avion, que j'expédiais. J'avais élaboré une forme condensée, un coin compact qui ressemblait à un bombardier furtif. Il volait tout droit, et, quand il arrivait au bout de son élan, il tombait d'un coup. J'y avais écrit : « Le myélogramme sert à distinguer les hommes des simulateurs. Ils te mettent à plat ventre sur une table sous un rayon X, et t'enfoncent une aiguille de la taille d'une canne à pêche dans la colonne vertébrale, ils injectent un colorant, et prennent des photos. Ça prend une heure environ, et après tu dois rester allongé sur le dos sans oreiller pendant une journée entière, sinon tu crèves de la migraine. »

Monk lut le mot, jeta un œil rapide à Marty et à Al, puis me regarda. « Ah bon ? dit-il. Et l'opération, c'est comment ? »

Je haussai les épaules.

« Ils te filent assez de came ? »

J'acquiesçai.

Monk grimaça en regardant mes pieds tournés en dehors, l'ondulation articulée de mon corps sur le vieux lit mécanique. Ses joues étaient rougeaudes, la couleur de la tension artérielle ou de l'alcoolisme, et ses yeux étaient deux boutons noirs luisants, curieux et vifs, enfoncés profondément sous la saillie proéminente de son arcade sourcilière ; il avait le nez d'un boxeur professionnel, plat et large, comme sa bouche : à vrai dire, il ressemblait à un singe, d'où son surnom, Monk, abréviation de « Monkey », mais Monk faisait preuve aussi de légèreté, qualité que j'associais à la spontanéité.

« Mais avant tu marchais pas bien et maintenant tu marches plus du tout », dit-il, bouche bée.

Je haussai à nouveau les épaules.

Marty soupira, dévorant des yeux l'interphone sur le mur entre les lits. Monk attendit, puis avança brutalement le bras et appuya sur le bouton. Il dit à l'infirmière qui répondit que ça faisait quatre heures que Marty avait eu sa piqûre, et qu'elle devait venir pour lui en faire une autre. Il se tourna vers moi derechef.

« Plus ou moins ? dit-il. C'est ça que tu veux dire ? Plus ou moins ? »

Ce vieil hôpital. À l'origine – il y a près d'un siècle –, c'était un asile psychiatrique situé dans un minuscule bâtiment en briques. En une cinquantaine d'années, il avait pris les proportions d'une base militaire, ensemble lugubre et tentaculaire situé sur quelques milliers d'hectares à l'ouest de la ville. L'architecture actuelle correspond à celle de la plupart des bâtiments d'État des années qui suivirent la Seconde Guerre mondiale : de gigantesques rectangles de pierre et de brique rose ou beige, sans fioritures ni inspiration, semblables aux cités, écoles et usines de la même période, qui foisonnaient aux abords des villes avant la création des banlieues. Mais, dans les années 1950 et 1960, lorsque les médicaments remplacèrent la camisole de force et que les budgets furent consacrés à d'autres projets, des services entiers de l'hôpital devinrent obsolètes et furent fermés, les bâtiments vidés et condamnés. À présent, seuls quelques-uns sont opérationnels, les plus grands et les plus centraux du complexe, mais il reste néanmoins de nombreuses ailes mal éclairées, certaines sont verrouillées et d'autres ouvertes, qui vont de haute à moyenne sécurité. Il restait encore le service de chirurgie pour les détenus, le seul endroit dans tout l'État où un prisonnier pouvait se faire remettre le nez en place, opérer pour une appendicite ou, que Dieu l'en garde, remplacer ou soigner un organe vital.

Marty Gold avait des menottes aux chevilles, comme moi. Celles-ci étaient semblables à des menottes normales, sauf que la chaînette était plus longue, ce qui permet à un homme de marcher mais pas de courir. Monk, qui venait d'un établissement de haute sécurité, était enchaîné à son lit dont on avait même enlevé les roulettes afin qu'il ne puisse pas le tirer derrière lui. Ils laissaient Al Garcia tranquille – il n'avait ni entraves ni chaînes –, et chaque matin les stagiaires ou même parfois l'homme de ménage soulevaient le pauvre Al et l'installaient sur sa chaise roulante pour la journée.

Mais la chaîne attachée à la jambe de Monk était épaisse et lourde, neuf mètres de long, et bruyante lorsqu'il la traînait derrière lui pour se diriger vers le cabinet de toilette. « Désolé, les mecs, disait-il au milieu de la nuit. Le vieux Marley doit y aller. » Puis, en revenant, il s'immobilisait près de la seule fenêtre de la chambre et y restait très longtemps, son dos large et ses épaules voûtées se dessinant à la lumière éblouissante et artificielle des projecteurs dans la cour dehors. Avant mon opération, j'allais moi aussi à la fenêtre. Je pouvais entendre des véhicules, et une fois je vis un camion de livraison dans une étroite allée quatre étages plus bas. C'était le seul passage qui donnait sur la rue : une rampe en asphalte qui sortait du sous-sol de l'immeuble et passait entre l'aile est et l'aile sud ; sinon, on ne voyait qu'une grande cour vide qui, la rampe mise à part, était entièrement clôturée par les murs intérieurs des parties oubliées de l'hôpital. Cela donnait un triste effet de miroir, avec des fenêtres à barreaux se faisant face, des gouttières cassées, des traînées de rouille comme des larmes sales ruisselant vers le sol sur plus de cinq mètres depuis les rebords de fenêtre des étages supérieurs.

Je savais donc ce que voyait Monk la nuit durant ses allées et venues à travers la chambre. Dans le noir, il ne pouvait pas savoir si aucun de nous était éveillé ou non, pourtant il se tenait devant la fenêtre, secouait la tête et disait des choses du genre : « T'as vu ça, Alex ? », ou : « Hé, Mart, ils appellent ça un hôpital, un endroit où on te soigne. » Un soir, il dit : « Al, je détesterais être à ta place. Parce que ça, c'est encore pire que la prison. La prison, c'est un gros trou dans lequel ils te balancent, et d'où tu ressors en grimpant lentement, pendant qu'ils tentent de t'y enfoncer un peu plus, à coups de pied. Mais ici, c'est le bout du rouleau, mon pote. Un homme pourrait mourir sans qu'aucune âme qui vive le sache. »

Le jour de son arrivée, Monk me dit pourquoi il était en prison : orphelin, il était passé de la maison de redressement à l'armée, avait fait le Vietnam, puis des séjours plus ou moins courts et répétés en taule, pour des broutilles – vols de voitures, cambriolages, paris –, jusqu'à ce qu'ils finissent par le déclarer criminel multirécidiviste et le condamner à perpète. Il n'arrivait pas à se débarrasser de l'idée même d'être enfermé pour le reste de sa vie ; pourtant, il n'avait jamais pu suivre les règles du jeu ; il semblait tout faire foirer même lorsqu'il essayait de bien faire. Il se retrouvait donc à présent dans une prison de haute sécurité, avec une condamnation trop lourde et trop de rapports disciplinaires, et le truc, c'était que, maintenant que son dos était foutu, il ne pouvait plus se défendre, ni même décharger sa tension en jouant au hand ou en faisant de la musculation dans le préau : c'était quoi comme putain de vie, ça ?

Mais son impatience le rendait parfois cruel. Un jour, il demanda à Marty s'il était juif, et, lorsque Marty lui répondit par l'affirmative, Monk voulut savoir ce qu'un « youpin » foutait en taule – les juifs étaient trop intelligents et trop riches pour être en prison –, et, lorsque Marty détourna le regard et marmonna quelque chose à propos d'un incendie, Monk claqua des doigts : il se souvenait d'avoir vu à la télé l'histoire du couple homo ; suite à une crise de jalousie, l'un des amants avait mis le feu à leur appartement, manquant de tuer l'autre. « C'était toi, Mart ? Tu as mis le feu à ton jules ? Tu l'aimes bien cuite, ta saucisse, hein ? »

Monk se mit à le traiter de « pédé », de « folle », de « tantouse », et s'indigna qu'après un crime aussi violent il ait écopé de six ans tandis que lui, Monk, en avait pris pour perpète. Mais ce qui le gênait peut-être le plus, c'était que Marty ne lui répondait jamais. En plus, Marty avait pour habitude de ne jamais se plaindre au médecin ou aux infirmières de la nourriture infecte, et des draps sales, et du manque d'attention. C'était vrai : si vous ne demandiez rien, vous n'obteniez rien, et je dus à plus d'une reprise réclamer aux infirmières de changer mes draps, ou de me donner une blouse d'hôpital propre ou de m'emmener à la douche au bout du couloir ; elles étaient occupées, en sous-effectif, et on leur apprenait à être distantes et méfiantes. Ainsi, Monk charriait Marty qui ne disait rien, ce qui frustrait Monk d'autant plus, et il le charriait de plus belle, ou bien il grognait en secouant la tête, gardant momentanément le silence en tirant sur son nez jusqu'à ce que quelqu'un change de sujet. Et pourtant, une fois, après une longue pause, il lança : « Mart, tu t'es jamais dit que si tu avais eu les tripes de demander ce que tu voulais, t'aurais pas eu besoin de foutre le feu ? » Marty rougit comme une betterave et ses yeux s'emplirent de larmes, mais il ne dit pas un mot.

Le myélogramme acheva Monk. Ils l'emmenèrent cet après-midi-là, et à son retour son visage était gris comme les draps, ses yeux vitreux et jaunâtres lui donnant l'air de quelqu'un qui venait d'être empoisonné.

Il était allongé sur le dos, bien sûr sans oreiller, pour empêcher le colorant de circuler. Et, juste avant le repas de 17 heures, le vieux Sortif pénétra dans la pièce en astiquant ses lunettes et dit à Monk qu'ils avaient découvert une hernie discale au niveau des lombaires et qu'ils allaient l'opérer le lendemain – une laminectomie –, rien de majeur, mais il serait dans l'incapacité de marcher pendant plusieurs jours, peut-être une semaine, parce qu'ils ne pouvaient pas le renvoyer en prison tant qu'il ne serait pas remis sur pied ; c'était la règle. Et Monk ne pipa mot, pas de vannes, pas de « Sportif » par-ci, « Sportif » par-là ; il resta simplement allongé, le regard braqué vers le plafond, jusqu'à ce que le médecin se détourne et sorte.

Monk refusa de dîner ou de prendre le petit déjeuner, bien que ce fût la blonde qui apporta son plateau et qui lui proposa de le faire manger à la cuillère. Je lui envoyai un bombardier, et Marty lui demanda ce qui s'était passé, ce qui n'allait pas, mais Monk demeura silencieux et immobile. Tard dans la nuit, pourtant, avant le lever du soleil, je l'entendis soupirer, j'ouvris les yeux et le vis se glisser hors du lit, prendre sa chaîne et se diriger vers les toilettes ; comme à chaque fois, il s'immobilisa près de la fenêtre, sauf qu'il ne dit rien cette fois-ci ; il se tint là, voûté, la chaîne à la main, comme s'il souffrait physiquement mais était obligé de rester debout à contempler cette triste courette éclairée par les projecteurs, qui semblait contenir toute la lumière du monde.

« Je suis content qu'il soit parti », dit Marty le lendemain matin, après qu'ils eurent emmené Monk sur un lit à roulettes vers la salle d'opération. Marty s'était redressé pour le petit déjeuner mais ne put manger ; il avait encore les yeux humides mais avait au moins quelques couleurs sur ses joues grassouillettes. « Il est comme tous les autres trous du cul en prison, il a des trucs à dire sur tout. Un gros macho qui croit tout savoir. »

J'écris : « Tu es fâché parce qu'il t'a traité de pédé, Mart ? », et lui envoyai.

Il me jeta un regard noir. « Et toi, pourquoi ils t'ont condamné ? » Il pointa un doigt sur Al. « Et lui ? Comment on sait qu'il a vraiment braqué une banque ? »

Al leva lentement la tête. Al et sa serviette : il avait la plupart du temps une serviette sur la tête, de sorte que, s'il la penchait en avant, on ne pouvait savoir s'il était éveillé ou endormi, et comme il me l'avait dit une fois, c'était la même chose pour lui. Aujourd'hui, le personnel qui était venu chercher Monk avait installé Al dans sa chaise roulante avant de partir pour la salle d'opération, et il avait une fois de plus adopté la position avachie dans laquelle il passait la journée entière jusqu'à ce qu'on le remette au lit. La routine d'Al n'était interrompue que par son voyage tous les après-midi à l'étage du dessous pour sa rééducation dans une salle avec des cabines et des tables de massage, de nombreuses machines désuètes équipées de gros cadrans et d'épais fils de fer, ainsi qu'un bain à remous où ils déposaient Al pour son massage quotidien. Ils avaient commencé cette semaine à m'envoyer en rééducation moi aussi, mais le matin, parce que j'y allais pour de la thermothérapie et non de l'hydrothérapie ; ils me menottaient à une chaise roulante même si j'étais incapable de marcher, et m'envoyaient avec une aide-soignante ou un stagiaire pour ma séance de rééducation. Le trajet était long : une fois franchi le sas de sécurité de notre aile, on descendait au rez-de-chaussée en ascenseur, puis on traversait tout le bâtiment en suivant le couloir principal, pour tourner à gauche dans un couloir sombre en direction de l'arrière de l'hôpital, où se trouvaient la cuisine et les espaces de stockage, avant de pénétrer dans la salle de rééducation à l'angle du bâtiment. J'avais raconté tout cela à Monk la veille de son myélogramme, lui disant que s'il devait subir l'opération, au moins, il aurait comme consolation la merveilleuse masseuse du service de rééducation, jeune et plantureuse, aux longs doigts délicats ; c'était elle qui enlevait votre blouse et vous installait sur la table, vous appliquait une pommade avec ses mains miraculeuses, puis vous plaçait sous la lampe thermique ou l'ultrason où, si vous aviez assez d'imagination, vous pouviez presque vous sentir bien.

Sauf Al. Le pauvre Al n'avait aucune sensation du cou jusqu'aux pieds, et je m'interrogeais parfois sur la partie restante, sa tête. À présent, ses yeux étaient à demi ouverts, et plus ou moins dirigés vers le lit de Marty de l'autre côté de la chambre, mais n'exprimaient aucune colère.

Je dis à Marty que j'avais été condamné pour meurtre, ce qui était vrai. Je ne dis rien au sujet d'Al, et Al fit de même.

En prison, vous n'obtenez jamais de réponse. Le mieux que vous puissiez attendre de la part d'un surveillant, c'est : « Je vérifierai », ou : « Laisse-moi le temps d'y penser » : à ce qu'on m'a dit, ce sont les phrases qu'on leur suggère d'utiliser dans le manuel pour gérer les détenus. Dire : « Non » ou : « Je ne sais pas » à un détenu risque de provoquer une confrontation, ou du moins vous oblige à trouver une nouvelle réponse lorsqu'il vous demande : « Pourquoi pas ? »

Tout cela pour dire que je n'ai jamais appris ce qui s'est vraiment passé. Naturellement, les rumeurs foisonnaient – dans les prisons, dans les ghettos, partout où l'espoir fait défaut, les rumeurs abondent –, et vous apprenez à faire le tri : l'une après l'autre, on recueille des parcelles de vérité en confrontant la rumeur à ce que l'on sait, à ce qui est probable et à ce qui ne l'est pas, tout en s'interrogeant sur sa provenance.

L'hôpital ne possédait pas d'équipement de tomographie, et n'en posséderait sans doute jamais. Ils m'envoyèrent donc dans l'une de ces cliniques privées en ville où ils avaient des scanners qui valent des millions de dollars, le résultat étant que l'on jugea que d'une façon ou d'une autre, pendant mon opération, ma colonne vertébrale avait été contusionnée, et que l'engourdissement disparaîtrait sans doute dans quelques mois. J'ai passé presque trois jours dans cette clinique chic et neuve avec des rideaux électriques, des télés couleur et une nourriture correcte. À mon retour à l'hôpital, Monk, Marty et Al Garcia n'étaient plus là, et personne parmi le personnel ne me dit pourquoi, ni où ils étaient, ni ce qui s'était passé. « On va vérifier » fut la réponse la plus satisfaisante que je pus obtenir.

C'était sûrement Marty qui l'avait aidé. Je le dis parce qu'un homme ayant subi une laminectomie la veille ou l'avant-veille ne peut tout simplement pas se pencher en avant pour crocheter une menotte sur sa cheville, sans parler de devoir traverser la chambre et de soulever un homme d'une chaise roulante pour l'allonger sur son lit. De plus, le lendemain de mon retour, ils ont mis un gars dans la chambre qui venait du même établissement de moyenne sécurité que Marty, et selon lui, Marty n'était jamais revenu là-bas : il pensait qu'il était toujours ici. Je me dis que Marty avait été envoyé à la prison de haute sécurité pendant que l'enquête était en cours, et qu'à présent il s'agissait pour lui de se taire, car il s'en sortirait sans doute en restant silencieux, mais s'il parlait, eh bien, comme pas mal de mecs en prison, il ne ferait que s'enfoncer.

Al est sans doute encore dans l'hôpital. Où pourraient-ils le garder sinon, paralysé comme il l'est ? Il est probablement dans l'une de ces cellules capitonnées, réservées aux « cas dangereux », ceux qui sont isolés et rationnés pendant un mois. Pauvre Al. Mais qu'est-ce que cela peut bien lui faire ? Dans ses bons jours je l'imagine dans sa cellule capitonnée en train de sourire ou même de rire intérieurement en se rappelant Monk assis dans sa chaise roulante après avoir changé de place avec lui.

Mais quel membre du personnel avait commis l'erreur ? Qui ne s'était pas rendu compte que c'était Al dans le lit et Monk dans la chaise roulante ? Certes, la blonde aux seins pointus n'était plus là ; elle s'était mystérieusement volatilisée de l'équipe de stagiaires de l'infirmière Camden, et les détenus du service avec lesquels je pus parler – le personnel m'avait finalement fait sortir du lit pour me faire marcher avec un déambulateur, deux fois par jour le long du couloir je poussais cet humiliant engin en aluminium, traînant derrière moi ma jambe morte, ma jambe valide toujours enchaînée – me dirent qu'ils l'avaient vue en train de pousser la chaise roulante d'un type avec une serviette sur la tête le matin de la disparition de Monk, puis l'avaient vue revenir dix minutes plus tard, et repartir avec le personnel de sécurité peu avant midi ; un type me dit qu'il connaissait Monk personnellement, et que la fille était son ancienne copine du temps où Monk était libre, elle devait sûrement l'être, il les avait vus ensemble dans le quartier deux ans plus tôt, avant l'arrestation de Monk ; c'était un coup monté : Monk avait tout organisé, jusqu'à faire en sorte que son ex trouve un boulot ici pour l'aider à sortir.

Ce qui était un tas de conneries. Monk ne se serait jamais fait opérer, surtout après le myélogramme qui l'avait rendu livide. Cela se passa sans doute un vendredi : des hommes de ménage s'affairent, les allées et venues aux douches vont bon train, les médecins font leurs visites, et dans ce désordre, la blonde oublie de vérifier qui est dans la chaise roulante avec une serviette sur la tête. D'autre part, les infirmières dans le couloir et les surveillants à la porte n'avaient-ils pas vu maintes fois pendant des mois le pauvre Al avec sa serviette sur la tête se faire escorter par un stagiaire à la rééducation ?

Poussant sa chaise, elle avait passé les portes de la sécurité, quitté le service, pris l'ascenseur et emprunté les couloirs jusqu'au service de rééducation au fin fond de l'aile, et l'avait probablement laissé là dans l'entrée, se disant que le pauvre Al, paralysé comme il l'était, sans menottes ni entraves aux chevilles, ne pourrait jamais courir ou même rouler avec sa chaise : nul besoin donc de s'inquiéter à son sujet.

À partir de là, je ne pouvais qu'imaginer ; les rumeurs allaient dans tous les sens ; aucune théorie, aucune information n'était plus logique que l'autre. Peut-être que la masseuse le découvrit et appela la sécurité. Peut-être qu'ils l'ont attrapé tandis qu'il roulait dans sa chaise le long du couloir à la recherche d'une sortie ou d'un endroit pour se cacher. Peut-être qu'il est encore dans l'hôpital, enfermé avec Al à l'isolation dans un coin sombre et puant.

Cependant, la nuit, après m'être glissé aussi doucement que possible à la fenêtre afin de ne pas réveiller mes nouveaux camarades de chambre, je plonge mon regard dans la cour, joue appuyée contre la vitre, tout près du mur, et je peux voir la rampe, là dans la lumière des projecteurs, tachée d'huile et noircie par le passage d'innombrables camions de livraison, qui mène de la cuisine et des espaces de stockage à l'arrière de notre bâtiment jusqu'à l'étroit passage vers la rue.

Et je ne peux m'empêcher de me demander s'il a réussi son coup. Je me dis : Je ne le connais pas, Monk, sans parler des autres. En prison, vous n'avez pas le temps de connaître un homme parce qu'ils ne vous laissent jamais au même endroit, ils vous séparent dans des bâtiments cellulaires ou des établissements différents ; ils vous privent d'amitié comme ils vous privent d'informations : un homme pourrait s'en servir contre eux. Ainsi, qu'est-ce que cela peut me faire, que Monk ait réussi son coup ou pas ? Quelle importance si à l'heure qu'il est il se trouve pieds et poings liés sur une banquette ou à Tahiti ? Quelle différence cela fait-il pour nous autres qui sommes encore dans ce trou ?

Longtemps, j'ai pensé que sortir de prison était la réponse, que cela résoudrait tout. Maintenant, je sais que ce n'est pas vrai. Personne ne peut sortir de sa propre tête, ni Monk ni moi. Au début, je considérais comme responsables de mon crime mon père, le quartier où j'ai grandi, le centre fermé, la drogue, même mes gènes. J'étais en colère ; je voulais m'échapper. Je me suis évadé par la vanne de l'écluse et me suis fait prendre. J'ai failli passer sous le mur avec Stansky et Lincoln, mais j'ai changé d'avis. Cependant, il y a plus d'une façon de sortir, me suis-je dit. J'ai donc passé mon diplôme d'études secondaires, puis suivi des cours d'université et obtenu mon Deug, à l'époque où les bourses de la Fondation Pell existaient encore, après quoi j'ai suivi des cours par correspondance et passé pratiquement tout mon temps à lire les livres de la bibliothèque : à défaut de sortir physiquement, je pouvais le faire dans ma tête, tel était mon raisonnement. Mais j'avais tort. Il me fallut dix ans pour réaliser que j'avais tiré sur cet homme et sur sa fille ; ce n'était ni la drogue, ni mon père, ni la rue ; c'était moi. Je leur ai tiré dessus parce que je ne pouvais pas obtenir ce que je voulais, et maintenant tous les jours je regrette amèrement de l'avoir fait ; chaque jour que Dieu fait je vis avec, et sortir de prison ne l'effacera jamais – même si une partie de moi souhaite que Monk ait réussi son coup, et désirerait être avec lui dans cette île paradisiaque au milieu du Pacifique.

Il y a du vacarme dans le couloir. C'est la fin de la matinée, une semaine a passé depuis que Monk et les autres ont disparu, et une violente bagarre vient d'éclater : je n'entends ni cris ni hurlements et comprends donc que c'est sérieux, suffisamment pour que je me traîne jusqu'à la porte avec mon déambulateur.

Cet hôpital. Rien ne brille. Ni le sol, ni les murs, ni les vitres, ni le matériel ; les ampoules semblent bizarrement plus faibles, comme si l'État avait rationné l'électricité, et partout il y a l'odeur mêlée de désinfectant et de draps sales. Il y a trente chambres, dix côté gauche, avec la salle des infirmières et les pièces de rangement, et vingt côté droit, qui mènent aux doubles portes de la sécurité à l'extrémité du service. Sortant de la dernière chambre de l'autre côté de l'aile – celle que j'ai partagée avec Monk, Marty et Al la semaine précédente –, j'ai une vue sur toute la longueur de l'étroit couloir encombré de chariots de linge et de nettoyage, de fauteuils roulants, de plusieurs civières parquées le long du mur comme les wagons plats d'un train de marchandises, de goutte-à-goutte, d'un chariot de médicaments, et de celui des repas, les blouses, les serviettes et les draps sales éparpillés sur le sol.

À présent, surveillants et infirmières se précipitent dans ma direction, grimaçant et zigzaguant à travers les chariots et s'engouffrant dans une chambre située au milieu du couloir. L'échauffourée s'achève, et quelqu'un crie : un détenu en accuse un autre de lui avoir volé quelque chose.

Mais l'infirmière Camden sort soudain de la chambre voisine, suivie d'une nouvelle équipe de stagiaires. Ils sont cinq cette fois, quatre filles et un garçon, et aucun d'entre eux ne se tourne en direction du bruit dans le couloir. L'infirmière Camden semble fatiguée. D'habitude, son pas lourd est néanmoins guilleret, et ses cheveux ramassés en un sévère chignon serré au point de tirer le coin de ses yeux lui donnent presque l'air de sourire. Mais ce matin, elle a rentré négligemment ses cheveux sous sa coiffe, et elle grimace, comme tout un chacun ; tandis qu'elle s'approche elle me jette un regard noir, et j'ai envie de lui demander ce qui est arrivé à Monk. A-t-il réussi son coup ? Est-ce que c'était dans les journaux ? À la télé ? Et Marty et Al, que leur est-il arrivé ? Est-ce qu'ils vont bien ? Est-ce qu'on ira tous bien ?

Au lieu de quoi, elle s'arrête devant moi. « Voici M. Pitts », dit-elle. Les stagiaires s'alignent près d'elle. Le garçon feint l'indifférence, mais les filles sont attentives et nerveuses. L'infirmière Camden pointe un doigt sur mes pieds. « Ça, ce sont des menottes pour chevilles. M. Pitts nous vient d'un établissement de moyenne sécurité, ce qui signifie qu'il n'est pas attaché à son lit. Tant qu'il est dans sa chambre à l'appel et à l'heure des repas, et tant qu'il n'enfreint pas les règles, nous ne voyons aucun inconvénient à ce qu'il fasse un peu d'exercice dans le couloir. » Elle observe mes vêtements, ma blouse élimée, mes chaussons miteux. Je la sens maintenant : savon, cigarette, désinfectant, vomi, bonbon à la menthe, omelette, café, sueur, lait fermenté – le programme de sa matinée. Elle me contourne et pénètre dans la chambre, examine les lits, le sol – elle vérifie, elle vérifie –, puis elle fait volte-face et se dirige vers la fenêtre. Elle ne l'a jamais fait auparavant – aller à la fenêtre –, n'a jamais posé sa main sur le rebord, ne s'est jamais penchée, le visage tout contre la vitre, plongeant son regard en plissant les yeux en direction de la rampe en contrebas, et je ressens immédiatement un picotement dans mon pied insensible, une réminiscence fantomatique que je pourrais presque prendre pour de la joie, un désir spontané de faire des bonds de jubilation.

« Monsieur Pitts, me dit-elle, je ne veux pas que vous vous approchiez de cette fenêtre. Je veux qu'aucun détenu ne s'approche de cette fenêtre. C'est contraire au règlement, vous savez. »

Au-dessus des mollets

« Au-dessus des mollets au 4 Juillet. » C'est le 4 Juillet et Dwight vient de se souvenir de ce que son père et peut-être l'Iowa tout entier disaient au sujet des champs de maïs. Il en rirait, si sa hanche n'était pas si douloureuse. La balle est là-dedans quelque part, logée dans sa cuisse ou dans son aine ; il ressent une brûlure dans le bas-ventre, une pression qu'il n'a jamais éprouvée auparavant. Qui a dit que cela ne faisait pas mal de se prendre une balle ? Oh, mais la douleur est diffuse, elle ne cesse jamais, elle palpite à chaque battement de cœur, et elle est parfois intolérable, une douleur qui vous coupe le souffle, vous laisse en nage, sans défense et haletant. Il en rirait, tant c'est ironique – « au-dessus des mollets au 4 Juillet » – de se trouver ici, dans un champ de maïs au Mexique, blessé et tapi comme un animal, à un million d'années de son enfance.

C'était simple : il les avait humiliés. Il avait bafoué la fierté des hommes de la police fédérale – la *Policia Judicial Federal*. Ils avaient conclu une affaire que les *Federales* n'avaient pas respectée : une tonne d'herbe sans graine de Nayarit, mais les sacs en toile dans le camion étaient pleins de foin. Sauf qu'ils ne le connaissaient pas, ils se disaient qu'il était faible, un *gringo* sans cœur, donc il a pris un pistolet, il est allé chez eux et il a repris son argent : deux cent mille dollars. Ce n'était pas à cause de l'argent, ni parce qu'il les avait surpris, mais parce que, enivré de son pouvoir, il était allé trop loin avec le revolver. Dwight qui aimait chambrer, les avait obligés à se déshabiller et à se tenir les uns les autres par la bite, il avait dit des choses sur leurs femmes et leurs mères. Il savait donc qu'ils le tueraient si jamais ils le trouvaient.

Lorsqu'on a peur, on se souvient. C'est l'Iowa et Dwight a douze ans. Par un dimanche de la fin du mois d'août, il vient juste de rentrer des champs avec son père ; toute sa famille et Toni, sa jolie cousine âgée de treize ans, sont là dans le jardin pour le pique-nique, et tout le monde se tourne lorsque son père dit : « On en fera quelque chose, de ce garçon. Qu'est-ce que tu as appris, fiston ? Est-ce que tu sais récolter le maïs, mon garçon ? » Dwight ne distingue que la robe blanche de sa cousine, qui épouse les contours de ses cuisses – il ne pense qu'aux épis et à la soie, aux rangées de graines blanchâtres dans des enveloppes mûres –, et, les mains dans les poches, il rougit en opinant du chef et en se moquant éperdument du tracteur et de l'ensilage dans la grange.

Maïs. Une plante sauvage. De la famille des graminées, du genre Zea. Comment arrive-t-il à s'en souvenir ? Sauf qu'il est différent, ici, au Mexique. Il est plus haut parce qu'il a été semé plus tôt, mais il est aussi peu épais qu'une feuille de papier, et fané, pas du tout comme celui de l'Iowa. *Maize*, le dénominateur commun de l'Amérique latine. Plante sacrée des Nahua et des Aztèques. *Masa* pour faire des tortillas. *Elote* dégoulinant de piments et de citrons verts...

Dwight est dans la Volkswagen qui tousse parce qu'elle n'a presque plus d'essence, qui dévale le talus jusqu'au champ en écrasant des plants sur son passage avant de tomber en panne sèche cinq cents mètres plus loin...

Les choses vont et viennent. Elles décrivent un cercle et se représentent à nous. Il s'était rendu à la maison du *Federale* pour récupérer son argent il y a un an ; depuis lors, il avait essayé mille fois de se convaincre que c'était fini, qu'ils avaient oublié, qu'ils ne le trouveraient jamais. Mais sur la *glorieta* Mariano Otero, dans la station-service Pemex bruyante, pleine de voitures et de camions, la Ford s'immobilisa à trois rangées de lui. L'employé de la station, abasourdi, la pompe à la main, n'a pas encore commencé à mettre de l'essence que Dwight démarre, le réservoir ouvert, et s'éloigne lentement. Mais cela ne marche pas ; ils le voient ; la Ford est coincée dans une file d'attente avec un camion derrière elle ; les hommes se précipitent hors du véhicule, fusil à la main, et Dwight, penché en avant, les balles sifflant tout autour de lui, sa hanche en feu, appuie sur le champignon pour faire avancer la Volkswagen gémissante dans la circulation de la *glorieta*.

L'ironie de la situation, c'est qu'il avait toujours pensé être prêt. Sur la route, c'était le maître du déguisement. D'autres avaient choisi des avions et des bateaux pour le trafic, mais Dwight savait s'y prendre par voie terrestre, il remontait le Mexique et traversait la frontière à bord de tout ce qui roulait. Il avait commencé avec des camping-cars aux faux planchers qu'il remplissait d'herbe, il engageait des retraités pour passer le pont à El Paso. Puis il eut des camions : camionnettes, semi-remorques, camions-citernes. Et des voitures, toujours des voitures, des breaks de touriste, des Buick et des Mercury, des Chrysler avec des coffres géants et sans roue de secours, moteurs gonflés et C.B. amplifiées. Pour ses besoins personnels à Guadalajara, il avait une Volkswagen mexicaine, avec des plaques locales, histoire de passer inaperçu en ville, de faire des courses sans être remarqué. Puis – et là réside l'ironie –, dans une ville regorgeant de voitures identiques les unes aux autres, dans une station Pemex pleine à craquer de véhicules ordinaires comme le sien – une coïncidence, le cercle le plus cruel –, les dernières personnes par qui il souhaitait être vu débarquent et le repèrent immédiatement. Et tout ce dont dispose ce maître du déguisement pour sauver sa peau, c'est sa Volkswagen au réservoir vide, et un champ de maïs pour se cacher.

Lorsqu'on est seul, on entreprend. Dwight le garçon sympathique, le farceur à l'école, l'amant. Son père et sa mère étaient morts – tués un soir de pluie, soûls dans une camionnette –, et Dwight était allé vivre avec sa tante et sa cousine Toni. Sa tante avait suivi un amant à Denver, loué une maison en briques délabrée dans l'ouest de la ville et inscrit Toni et Dwight à l'école du quartier. Toni avait seize ans à l'époque, Dwight en avait quinze – Dwight et son sourire, toujours prêt à plaisanter pour dissimuler sa peine –, Dwight l'amant, qui avait appris à convaincre sa cousine, qui avait toujours une histoire à lui raconter pour qu'elle dise oui. Ils le faisaient chaque nuit, et tous les samedis et dimanches après-midi quand sa mère avait la gueule de bois. Ils avaient tout essayé, Toni avait subtilisé la pilule dans un des placards maternels, puis Dwight était entré par effraction dans des maisons voisines et même dans une pharmacie pour la réapprovisionner. Ils le faisaient à la maison, dans des voitures et dans des salles de cinéma, ils se disaient amoureux. Mais après la remise des diplômes, Dwight commença à traîner avec une bande : au lycée, vous buvez, vous fumez de l'herbe, vous dealez un peu ; puis une fois sorti de l'école, vous vous retrouvez à vendre des dizaines de grammes, et très vite des kilos. Dwight le farceur, toujours une histoire, mais avec ses nouveaux amis il était difficile de maintenir les apparences, et de toute façon Toni avait grandi et il y avait déjà des hommes là où elle travaillait. Et cela commença à le tourmenter, cet amour pour sa cousine ; ce n'était pas normal de l'aimer à ce point. Ainsi, quand le gros coup se présenta, il fonça. Dwight le beau parleur, qui avait désormais une vingtaine d'années et de l'argent plein les poches, partit au Mexique avec un camping-car d'occasion et une adresse à Guadalajara.

La *glorieta* Mariano Otero. Encore une station Pemex bondée, qui pue le diesel, l'essence bon marché et les *carnitas* frites. La Ford noire à trois rangées de là, et le seul coup de chance, c'était ce camion qui s'était arrêté juste derrière, et qui les coinçait. Il avait donc filé, couché sur son volant tandis qu'ils lui tiraient dessus. Il roula comme un fou sur l'*avenida* Lopez Mateos, changeant constamment de file jusqu'au périphérique, puis descendit dans le champ de maïs.

Et lorsqu'on est blessé, le passé revient. Il n'oubliera jamais. C'est en janvier à Denver, il la croise sur le trottoir, et bien qu'elle ne l'ait pas vu depuis des années, elle n'est pas surprise. Il lui dit qu'il l'aime toujours, elle secoue la tête. « Tu croyais que j'allais t'attendre ? dit-elle. C'est ça ? » Toni devant chez sa mère, ses jambes minces dans un jean délavé sous son gros manteau d'hiver, ses longs cheveux blonds parfaitement ramassés sous son bonnet en laine. Il se voyait dans ses lunettes de soleil. Elle part travailler et elle n'est pas surprise. Il la supplie. Il lui raconte des mensonges sans savoir si ce sont vraiment des mensonges. Il est comme ça ; le mystère est son arme, il peut débarquer à tout moment, vous raconter n'importe quoi jusqu'à ce que vous cédiez, vous convaincre qu'il est parti pour une bonne raison. Et Toni sourit en frissonnant, ses lèvres toujours aussi jeunes et appétissantes. « Dwight, on était gosses. C'est différent maintenant. On ne peut pas juste reprendre comme avant. »

Mais c'est ce qu'ils firent, pendant quelque temps. Toni n'avait plus un sou, elle était serveuse payée au Smic, économisant ce qu'elle pouvait pour skier durant les mois d'hiver. Il l'emmena à Albuquerque, loua une vaste maison dans une banlieue, et lui acheta tout ce qu'elle n'avait jamais eu – meubles, voiture, bijoux. Elle crut à ses mensonges, rit en écoutant ses histoires, et certaines d'entre elles se réalisèrent : cinq Chrysler filant de Guadalajara à Juarez sans amortisseurs ni roue de secours, dépassant camions et cars à 160 kilomètres à l'heure comme une escadrille d'avions de combat, passant la frontière à El Paso grâce à un pot-de-vin, puis remontant tranquillement l'autoroute jusqu'à Albuquerque. Les cinq Chrysler arrivèrent à la maison où Toni attendait. Heure par heure, elles pénétrèrent l'une après l'autre dans le garage, et les voisins ne bronchèrent pas. Une tonne et deux cent cinquante mille dollars par voyage.

Mais on ne reste jamais longtemps au même endroit, car on ne sait jamais s'ils sont à vos trousses. Il ferma donc la maison d'Albuquerque, et Toni retourna à Denver, l'attendit ; ne le voyant pas arriver, elle retourna travailler. Il lui fallut six mois pour la rejoindre, et cette fois il l'emmena au Mexique, loua une maison au bord du lac de Chapala où, malgré les promesses qu'ils s'étaient faites, elle tomba enceinte. Dwight travaillait alors avec de nouveaux partenaires, des fous de rodéo qui faisaient passer de l'herbe par un trou dans la clôture, une bande de péquenots du Texas roulant dans les camions de leur papa. Dwight avait un million de dollars en liquide, des liasses qu'il enterrait dans le jardin, ne sachant pas comment les dépenser. Toni lui dit un jour : « Tu es obsédé. Le trafic est pire qu'une drogue pour toi ; ça te rend aveugle. Tu n'as pas de maison, pas d'amis, tu as quoi ? Dix identités différentes ? Dwight, tu te crois libre mais tu ne l'es pas. Tu as tout abandonné. Tu t'es abandonné toi-même. »

Puis ils perdirent le bébé. Toni le réveilla un matin en pleurs ; le drap était déjà à moitié imbibé de sang. Il resta paralysé. Il appela la bonne en criant, mais, lorsque la vieille femme arriva dans la chambre, elle ne fit que hurler, les mains devant la bouche. Il fallut une heure pour se rendre à l'hôpital de Guadalajara, et il pensa que Toni ne s'en tirerait pas. Il devenait fou sur l'autoroute, obsédé par la vision de la bonne au pied du lit criant et suppliant, tenant entre ses mains couvertes de sang le minuscule fœtus – cette image resterait imprimée dans son esprit à tout jamais. Toni, une semaine plus tard, à l'hôpital, la veille de son départ en avion pour le Colorado, lui dit : « Je n'en peux plus, Dwight. Je ne peux pas vivre comme ça. Je ne peux pas porter tes secrets. »

Cependant, Dwight la vit de temps à autre au cours des années suivantes ; il débarquait à l'improviste à son travail ou chez elle. Finalement, elle partit vivre dans une ville des Rocheuses où elle s'acheta une cabane, se maria, et ouvrit avec son mari un restaurant près des pistes. Toni eut peur de le regarder lorsqu'il apparut à sa porte avec une de ses histoires, mais ensuite – si fou que cela puisse paraître – elle était allée le retrouver dans sa chambre d'hôtel, où elle lui fit l'amour une dernière fois. Chaque jour, il se souvient d'elle, scène après scène il les revoit ensemble, comme un vieux film à l'image abîmée, sans fin.

Quatre, peut-être cinq balles ont atteint la voiture, mais il a pourtant réussi à contourner la *glorieta*. Dans la file de gauche, il roule sur Lopez Mateos en direction du sud. Sa hanche est en feu, la portière est percée en plusieurs endroits, et des morceaux de plastique sont éparpillés sur ses genoux et même sur le siège passager. C'est une Volkswagen mexicaine qui n'a pas de puissance : à fond sur l'accélérateur, il dépasse à peine les voitures sur sa droite ; étrange, se dit-il, il n'avait jamais remarqué auparavant comme le temps peut ralentir, comme la réalité perd de sa consistance lorsqu'on est désespéré : voitures et bâtiments, gens sur les trottoirs – dans la lumière qui filtre à travers les arbres, tout se fragmente et défile au ralenti.

Dwight vire à gauche au carrefour du périphérique devant un flic qui le siffle puis fait un geste de dégoût. La Volkswagen tousse, crie lorsqu'il passe en seconde, et prend lentement de la vitesse. Il a mal à la poitrine et aux épaules maintenant, et des éclairs de douleur traversent sa jambe gauche. Il se rend compte que sa main est tachée de sang lorsqu'il la soulève de son pantalon, et même s'il sait qu'il a pris une balle, cela l'étonne. Le moteur fume à nouveau... il ne peut pas continuer, il ne peut pas courir le risque de tomber en panne sèche sur l'autoroute, là où n'importe qui le trouverait. Il se déporte brusquement, et tenant fermement le volant, décolle du bitume pour atterrir sur le talus et débouler dans le champ.

Le maïs est haut mais pas suffisamment, ce n'est pas ce qu'il croyait, pas du tout comme le maïs de l'Iowa. Les rangs sont inégaux, la terre est sèche et dure ; il y a partout des parcelles de plants rabougris, certains ont des feuilles grises et flétries, et des tiges fines comme des bambous. C'est du maïs à farine, les grains sont mous et pâteux ; les épis devraient être gros et mûrs à cette époque de l'année.

En première, la Volkswagen s'enfonce dans un passage sablonneux, patine puis avance d'un coup. Dwight se dirige de l'autre côté du champ : il se souvient d'avoir vu un petit village depuis l'autoroute, quelques bâtisses en briques et en terre cuite où il pourrait cacher la voiture et trouver quelqu'un pour l'aider. Mais le moteur cale soudain, ressuscite en s'étranglant, pour s'éteindre à nouveau, et la voiture s'immobilise. Il tente de remettre le contact. Il ouvre la portière et essaie à nouveau, en vain. À présent, la douleur dans sa cuisse est insoutenable, et il se dit qu'il va devoir marcher, que la chance l'a quitté.

Il s'extrait de la voiture. Autour de lui, le maïs est haut ; les épis sont gros et les grains sont mûrs, mais les feuilles sont fines et ratatinées, les tiges fragiles. Il pousse un plant... et les voit... avec le sentiment soudain que son passé, sa vie entière sont contenus dans ce geste familier... il voit la Ford noire qui fonce sur l'autoroute, en train de dépasser le champ – quand il roulait comme un fou sur Lopez Mateos et devant le flic au carrefour, il aurait dû se douter qu'ils le poursuivraient aussi loin – ils savent sans doute qu'il a habité avec Toni près d'ici à une époque, et s'imaginent qu'il rentre chez lui... mais, sans remarquer les traces de son passage dans le champ, ils le dépassent, quatre hommes dans la voiture, et ils l'ont raté...

Son pantalon est trempé de sang, qui coule sur son aine, sa hanche et à l'intérieur de ses jambes. Il a perdu le contrôle de sa vessie, il ne sent plus rien dans son bas-ventre – sauf que ce n'est plus de l'urine qu'il perd, c'est du sang.

Il titube, et tombe. Il essaie de se relever, mais ses jambes sont faibles, il n'arrive plus à mettre un pied devant l'autre. Il se traîne en direction du village, sa respiration et son cœur rugissent dans sa tête. L'idée de mourir s'immisce en lui, mais il l'étouffe, l'ensevelit avec sa peur.

Il pense à ce qu'il ferait si Toni l'attendait, s'il arrivait à la maison et qu'elle le voie dans cet état. Il lui ferait un numéro, bien entendu, il plaisanterait tandis qu'elle s'affairerait autour de lui. Mais par la suite il en ferait une histoire, oh, oui, il en ferait quelque chose de fantastique : une fusillade avec Interpol, la CIA, Dwight au cœur d'une intrigue internationale...

Mais Toni n'est plus là. Depuis des années. La semaine suivant son départ, Dwight épousa une jeune Mexicaine rencontrée dans un bar, l'emmena au Yucatan, et acheta une flotte de bateaux de tourisme. Mais il se fatigua vite de ce travail et de sa nouvelle femme, et il disparut sans prendre la peine de divorcer. Puis aux Chiapas, dans un village indien où il s'était rendu pour s'approvisionner, il acheta non seulement un stock d'herbe, mais aussi une des filles qui étaient à vendre, on lui avait présenté une douzaine de jeunes filles sur la *plaza* et il en choisit une, elle avait quatorze ans et ne parlait même pas espagnol ;

une semaine plus tard, à Mexico, il lui donna de l'argent et la renvoya chez elle à bord d'un car. Ce n'était donc pas comme s'il n'y avait pas eu de victimes. Des victimes qu'il n'avait jamais rencontrées, des victimes avec qui il avait couché. Des victimes comme Toni qui ne diraient jamais rien à personne.

Dwight entend un moteur ; quelqu'un roule à fond, non pas sur l'autoroute, mais plus près. Il entend d'autres bruits : des pneus qui patinent, les à-coups et les crissements d'une voiture qui roule dans la poussière, écrasant des plants sur son passage.

Il s'appuie difficilement sur un genou, saisit une tige, et avec le peu de force qui lui reste parvient à se lever tout en essayant de garder son équilibre. La Volkswagen n'est qu'à quelques mètres de là, et, dans l'étroit passage qu'elle a dessiné dans le champ, il aperçoit le toit de la Ford d'un noir rutilant dans le soleil matinal, plongeant, fonçant sur lui, moteur hurlant. Ils sont revenus. Ils l'ont repéré après tout : ils ne faisaient que le narguer en le dépassant, se dit-il, seulement parce qu'ils savaient qu'il était pris au piège. Il doit courir...

... Mais il est trop faible. Il s'agenouille et regarde son pantalon. Il est imbibé de sang. Au-dessus des mollets... pense-t-il, le 4 Juillet. Mais le maïs n'est pas le même, ce n'est pas l'Iowa ici, et, lorsqu'on meurt, à quoi cela sert-il de se souvenir ?

Il s'assied, puis s'effondre sur le côté dans la poussière. Il réfléchit... Il doit y avoir une solution, il doit y avoir quelque chose. Il ne peut pas s'échapper, ils le cerneront. Il ne peut pas faire le mort, ils lui tireront dessus de toute façon. La Ford noire est derrière la Volkswagen à présent, à quelques mètres seulement, et il ne peut pas se sauver, il n'y a aucune façon de les arrêter, aucune issue.

Il est étonné d'être aussi calme, il est sur le point de mourir et pourtant il n'a pas peur comme il le devrait ; il ne ressent que la fatigue, il est totalement épuisé.

Et il se dit que... lorsqu'ils s'approcheront, lorsqu'ils l'encercleront en lui jetant des regards noirs, lorsqu'ils braqueront leurs armes sur sa tête et sur son cœur, à cet instant hors du temps avant qu'ils ne tirent... il fera tout simplement comme il a toujours fait. Il sourira. Il rira. Il plaisantera avec eux jusqu'à ce qu'ils lui pardonnent.

Ou peut-être qu'il leur racontera une histoire.

Mel

C'est la fin de l'hiver... le soleil est haut dans le ciel bleu, l'odeur des pins en altitude flotte dans l'air. Mel conduit depuis trois heures. Elle vient de chez elle sur le versant ouest et arrive dans cette ville aux abords de la plaine où les chaînes de montagnes se transforment en contreforts froissés qui s'étirent vers l'est, escarpements arides embrassant la rivière, et où l'autoroute n'épouse plus les méandres de la vallée, mais s'élargit abruptement en une route principale qui mène en ville. La prison se situe immédiatement sur la gauche : de hauts murs de pierre et des miradors aux toits en zinc, des grillages surmontés de fils de fer, un parking à l'entrée.

Elle ferme sa voiture à clé. C'est samedi, jour de visite, il est presque midi, et le parking est plein de véhicules. Elle est ici pour rencontrer un homme qu'elle ne connaît pas, prisonnier depuis treize ans. Elle ne connaît pas cet homme et pourtant elle se rappelle son visage encagoulé, ses mains jeunes et puissantes, depuis le soir où il a tiré sur elle et sur son père, la laissant pour morte. Depuis toutes ces années, elle porte ce souvenir en elle, telle la cicatrice à la base de son crâne.

Mel se prend pour une nomade, à juste titre. Elle est également écrivain, mais elle doit souvent se le rappeler, malgré les nombreux articles et le livre qu'elle a publiés, ainsi que celui sur lequel elle travaille. Le voyage a constitué son échappatoire et l'écriture son ancrage, et bizarrement ses peurs l'ont poussée à considérer le succès comme un piège, et le voyage comme une liberté. Même si maintenant, pour la première fois depuis treize ans, elle habite dans une ville où elle partage la vie d'un homme, quelqu'un qu'elle a rencontré en faisant du stop au Mexique. Il s'appelle Hank, il est moniteur de ski et barman dans une station de sports d'hiver près de chez eux, et il est amoureux d'elle. C'est pour cela qu'elle est ici : maintenant qu'elle est installée dans une maison, elle est consciente du lien qui existe entre elle et cette prison, entre elle et l'homme qui de par son crime possède la plus grande part d'elle-même.

Il y a une tour solitaire à l'entrée, un portail dans le haut grillage, et une allée menant à un bâtiment des années 1960 qui s'élève devant l'enceinte en pierre. Par des portes vitrées, Mel pénètre dans le bâtiment et s'arrête à un bureau où un homme en uniforme lui présente un formulaire à lire – le règlement des visites –, et un autre à remplir : nom, adresse, numéro de permis de conduire, nom et numéro d'écrou du détenu, relation au détenu. Elle écrit rapidement et tend la feuille avec son permis de conduire au gardien. Elle connaît le nom du détenu – Alex Pitts –, mais pas son numéro d'écrou, et le gardien est obligé de le chercher sur une liste. Dans la case « relation », elle a écrit : amie.

Mel n'a pas préparé cette visite. Elle n'est pas sûre de ce qui va se passer. Elle sait qu'Alex Pitts est ici : son frère à Omaha s'en assure chaque année depuis treize ans, mais elle ne sait pas s'il a de la famille à présent, une femme ou une petite amie qui lui rend visite. Elle sait seulement qu'il était jeune lorsqu'il est arrivé – dix-huit ans, un an de moins qu'elle –, et qu'il était toxicomane, un garçon à la rue avec un casier judiciaire pour cambriolage depuis l'âge de dix ans.

Elle signe un document par lequel elle accepte d'être fouillée au corps, et une surveillante lui indique qu'il s'agit d'une formalité à laquelle elle ne sera sans doute pas tenue de se soumettre. Mel ne porte aucun bijou et n'a jamais possédé de sac à main, elle n'a donc que son portefeuille à laisser à la consigne. Elle est habillée selon le règlement : ni jupe, ni robe courte (la dernière fois qu'elle en a porté une, Mel avait douze ans et son père l'avait suppliée de l'accompagner à une fête pour Pâques), ni chemisier ajusté ou transparent, ni pull moulant. Elle porte ce qu'elle porte d'habitude : sweat, jean, baskets, et une veste avec des poches où elle met habituellement cahiers et stylos, mais qui sont vides à présent. Le gardien la fouille, la fait passer au détecteur de métal, et elle se retrouve tout à coup de l'autre côté d'une porte en acier, dans un sas de sécurité à barreaux – à l'intérieur de la prison à présent –, puis elle passe une autre porte et pénètre dans une large pièce rectangulaire avec des murs en parpaing et un sol en lino, des piliers carrés soutenant un plafond en ciment, trente ou quarante tables en métal autour desquelles sont disposées des chaises pliantes, une rangée de distributeurs automatiques le long d'un mur, et un vieux bureau en bois dans le coin, où est assis un gardien en uniforme.

Il y a d'autres personnes dans la pièce – des familles, des femmes seules –, mais aucun détenu, même si Mel ne sait pas vraiment à quoi ressemble un détenu, ou ce qu'il porte. Elle trouve une table inoccupée contre le mur, s'installe sur la chaise et examine la pièce. C'est curieux, elle n'a jamais vu un tel mélange ethnique : Blancs, Noirs et Hispaniques ne sont pas en groupes mais éparpillés ici et là à travers la pièce et se mélangent même autour de plusieurs tables qui ont été rassemblées ; elle n'a jamais vu ça, ni dans les gares – routières ou ferroviaires – ni dans les aéroports dans lesquels elle a eu l'occasion de se trouver.

Une femme aux cheveux d'un jaune paille et aux bras d'une terrible maigreur, assise seule à la table d'à côté, sourit timidement à Mel et lève la main, agite les doigts et lui fait sans conviction un signe. « Je ne t'ai jamais vue ici », dit-elle ; elle a le visage d'un clown triste : lèvres grimaçantes et rouges, peau crayeuse, larges cernes sombres creusant ses yeux marron et abattus. « Tu as apporté des pièces de vingt-cinq *cents* ? Tu sais, tu as le droit d'avoir des pièces ici, pour les distributeurs. » Elle ouvre son autre main et lui montre un rouleau de pièces. « Je supporterais pas d'être ici sans un soda ou un truc sucré à manger. »

Mel acquiesce, hausse les épaules, sans rien trouver à dire. Elle n'a pas apporté de pièces de vingt-cinq *cents* ; d'ailleurs, elle ne boit jamais de soda et ne mange pas de sucreries. Immédiatement, la femme aux cheveux paille se lève, quitte sa table, se dirige vers celle de Mel et s'assied en face d'elle. « T'es là pour voir ton père ? dit-elle.

– Mon père ?

– Bah, ça peut pas être ton mari ou ton frère, t'es trop jeune. T'es pas au courant que c'est la Vieille

Centrale ici ? Ils ont envoyé les jeunes dans les nouvelles prisons, et ils ont fait venir les vieux ici, tous les estropiés et les malades, parce qu'il y a un bâtiment médical. » Elle hausse un sourcil. « Tu es vraiment nouvelle. Tu veux un Coca ou quelque chose ? »

Mel s'apprête à répondre, mais la femme se lève à nouveau d'un bond. « J'arrive », chantonne-t-elle en se dirigeant vers les distributeurs automatiques. Il n'y a pas si longtemps, Mel aurait dit à cette femme, qui est sans doute plus jeune qu'elle et qui n'a pas la courtoisie d'attendre une réponse, qu'elle préférerait être seule, et que non, elle n'est pas venue rendre visite à son père, que, d'ailleurs, ce ne sont pas ses affaires, de toute façon un Coca est la dernière chose qu'il lui faut, mais cette femme, malgré son air débraillé – chemisier rose miteux, jean élimé, touffe de cheveux paille en pétard –, dégage une lueur dorée, une aura frémissante de chaleur juvénile qui la suit comme une brume.

Voici ce que Mel voit. Au cours de sa convalescence, dans l'année qui a suivi l'agression, elle a fait un rêve : en se libérant de la douleur, elle sentait ce que les autres ne pouvaient sentir, elle voyait différemment ; elle parvenait à connaître les gens et à leur faire confiance grâce aux lumières qui émanaient d'eux. Et peu à peu, au fil des ans, en s'entraînant, le rêve devint réalité. Ainsi, son cauchemar était devenu non seulement un bouclier qui la protégeait, mais aussi un atout précieux, un aperçu du futur, un avantage.

C'est un acte délibéré, cette capacité à voir : elle doit permettre à ses yeux de ne plus faire de mise au point ; il s'agit plutôt de sentir, même si l'œil est sollicité pour distinguer la couleur, la forme, la densité, les mouvements. C'est un don qu'elle n'ose pas révéler – Hank est le seul à en connaître l'existence –, car elle est convaincue que si elle en parle, elle s'attirera le genre d'attention qu'elle souhaite par-dessus tout éviter.

La femme revient, traînant dans son sillage sa lueur mordorée ; elle tient à la main deux canettes de Coca qui font comme des trous sombres dans ses mains lumineuses. Elle s'assied et dit à Mel qu'elle s'appelle Angie et que, bien entendu, elle est là pour rendre visite à son père... comme tous les week-ends depuis trois ans, elle fait l'aller-retour de Colorado Springs – « mon Dieu, l'essence est hors de prix ! » –, et en plus, ce matin, sa voiture a refusé de démarrer et elle a dû prendre le car, « tu te rends compte, un car », comment elle fera pour rentrer ? Il n'y a pas d'autre car avant ce soir, et comme elle a laissé sa fille chez un voisin, il va falloir qu'elle parte dans une heure, sans doute en stop – « au fait, t'irais pas par hasard dans cette direction ? Je pourrais t'attendre dans ce cas !... » Soudain, elle porte la canette à sa bouche et avale une gorgée de soda, sans quitter Mel des yeux. Elle s'essuie la bouche ensuite et sourit.

« Il est là pour quoi, ton père ? dit Mel.

– À cause de moi. »

Silence. Mel attend. Sans se le formuler, elle sait ce qui vient.

« Il m'a violée, dit Angie. Depuis mes cinq ans jusqu'à mes dix-huit ans, quand je suis tombée enceinte de sa fille. Mais quand il a touché à ma petite chérie, j'ai appelé les flics. »

Mel n'aime pas les canettes de soda depuis l'adolescence, et pourtant elle ouvre celle qu'elle tient à la main et la porte à sa bouche. Le goût lui est encore familier, les bulles glacées la soulagent curieusement. « Et tu lui as pardonné ? dit-elle.

– Jamais. J'ai trois frères qui le détestent. Ils m'en veulent même de venir ici. Non, non, jamais on lui pardonnera. Qui le pourrait ? »

Sans raison valable, Mel a le sentiment d'avoir été indiscrète. Peut-être y a-t-il une raison, mais celle-ci lui échappe. Pourquoi cette fille lui fait-elle part de sa douleur ? Comme si elles étaient amies, ou consœurs.

Quelque part, une porte métallique claque ; des rires se mêlent aux pas lourds et traînants dans les escaliers qui rappellent le bruit du bétail sortant d'un enclos. Par la porte près du bureau, les voici qui pénètrent l'un après l'autre dans la salle des visites. Le premier est un grand Noir à la barbe grise et emmêlée, qui se dépêche de rejoindre une table de femmes qui lui font de grands sourires. Deux autres détenus entrent – pantalons vert foncé, blouses vertes avec leur numéro d'écrou un peu trop voyant sur la poche –, puis un homme d'une cinquantaine d'années avec des béquilles, un septuagénaire avachi et frêle qui a natté une partie de ses épais cheveux blancs et raides sur sa nuque. Quand l'homme suivant entre, Angie se lève. Costaud, il a les bras musclés, le visage long et les traits qui tombent. Il est voûté lui aussi, et marche avec une canne. Il sourit à Angie, qui pose son Coca sur la table et fait un clin d'œil à Mel. « C'est mon père, dit-elle, avec fierté, pense Mel. C'est mon père. »

Une quinzaine ou une vingtaine d'hommes sont à présent dans la pièce ; Alex Pitts n'est pas parmi eux. Mel attend encore dix minutes puis se renseigne auprès du gardien assis au bureau, qui appelle alors un poste de contrôle quelque part dans la prison.

« Vous savez comment c'est, madame, dit-il, la main couvrant le combiné, certains de ces mecs ne reçoivent jamais de visite, donc ils sont pas prêts. »

Mel retourne à sa table près du mur. Elle s'assied et regrette de n'avoir rien apporté à lire, elle aurait peut-être pu soulager ainsi son estomac barbouillé. La table est couverte de graffitis, probablement l'œuvre de plusieurs années. Comment ont-ils été gravés ? se demande-t-elle. Avec quels instruments pointus ? Certains ressemblent à des tatouages – serpents, dragons, têtes de diable, squelettes, motos –, mais la plupart sont d'un autre ordre : amour, êtres aimés, cœurs, flèches, qui aime qui, et dates : liberté conditionnelle, sortie de prison, qui était là et quand.

Cependant, deux détenus viennent d'entrer dans la salle, suivis cinq minutes plus tard de deux autres. Une demi-heure s'est écoulée et Mel commence à se dire qu'elle aurait dû procéder différemment : elle aurait dû appeler la prison d'abord, elle aurait dû écrire à Alex Pitts et lui dire qu'elle venait. Mais elle ne voulait pas qu'il ait le temps de préparer leur rencontre, tout comme elle ne s'était pas attendue à le voir treize ans auparavant. Non, se dit-elle, cette rencontre sera ce qu'elle sera, même s'il ne se montre pas, elle l'acceptera.

La salle est bruyante. Une demi-douzaine d'enfants jouent à cache-cache par terre, et le gardien les regarde d'un air renfrogné. Angie et son père mangent des sandwichs qu'ils ont achetés aux distributeurs automatiques. La plupart des détenus et des visiteurs sourient, parlent et se tiennent par la main ; hormis les barreaux et les lourdes portes métalliques, on dirait une association religieuse réunie dans le sous-sol d'une église. Du coin de l'œil, Mel aperçoit le gardien qui pointe sur elle son crayon ; comme elle se tourne, un autre détenu pénètre dans la pièce. Il est plus jeune que ce qu'elle s'était imaginé – il a son âge –, tellement plus jeune que les autres. Il est grand et puissamment bâti, avec la taille mince et les épaules larges – elle ne se souvient pas de cette silhouette –, et ses gros bras musclés sont serrés dans les manches courtes de sa blouse verte. Il la regarde fixement, perplexe, puis, mal à l'aise, il regarde les autres dans la salle, avant de la regarder à nouveau, d'un œil interrogateur. Ce n'est certainement pas après l'avoir vu cette nuit il y a tant d'années portant une cagoule qu'elle reconnaît cet homme – ce front large, ce nez long et légèrement de travers, cette mâchoire anguleuse –, mais elle n'identifie pas non plus celui qu'elle avait vu sur les photos parues dans la presse ou les clichés d'identité judiciaire qu'on lui avait montrés plusieurs mois plus tard chez son frère, pendant le procès. Trop faible encore pour marcher, elle s'était rendue au tribunal en chaise roulante le jour du verdict – il y avait eu un accord qui revoyait à la baisse les chefs d'inculpation, afin d'éviter la peine de mort –, mais elle était arrivée en retard, tout était fini depuis près d'une heure, et ils l'avaient ramené dans sa cellule, sans qu'elle puisse le voir, le regarder dans les yeux pour y déceler ce qui l'attendait, sa souffrance à venir qui jamais ne serait suffisante. Car elle se souvient de ses yeux – bleus, mouchetés de gris, la couleur d'un ciel d'hiver – qui, dans les trous de la cagoule, étaient violents, exorbités, désespérés.

Ses yeux sont les mêmes, mais plus doux à présent, interrogateurs. Mel se lève. Elle s'efforce de ne pas se tripoter les mains. Il jette un œil au gardien derrière lui qui n'a pas bougé, les coudes posés sur le bureau, les mains croisées, le crayon coincé entre ses doigts pointé en direction de Mel. Il se retourne alors et se dirige vers elle.

C'était idiot de dire cela. Elle y pensera plus tard, en voiture, en rentrant chez elle : c'était vraiment stupide. « Je n'ai pas apporté de pièces de vingt-cinq *cents*, avait-elle dit. Je ne peux rien vous acheter aux distributeurs. » Mel, qui est rapide, réfléchit presque toujours avant de parler, pour anticiper.

Il ne parle pas. Elle le sait, depuis le début, bien avant le verdict, lorsque son frère apprit que l'homme qui tira sur son père et sur sa sœur ne pouvait pas parler, n'avait pas parlé depuis l'enfance.

Elle regrette à présent de ne pas avoir son cahier et un stylo, même si elle sait bien qu'on ne l'autoriserait pas à les avoir avec elle dans la salle des visites. Ses yeux semblent lui demander : Qui êtes-vous ? Que voulez-vous ? Mais ensuite il se raidit, et elle sait qu'il vient de comprendre, il l'a reconnue. Il cligne des yeux et serre les dents, comme pour maîtriser la douleur et la surprise qu'il ressent en sa présence.

Mel s'assied. Elle se remémore qu'elle n'est pas venue ici pour se venger : elle ne peut pas effacer le souvenir, ou la peur, mais elle n'est pas venue ici pour sortir la colère qu'elle a enterrée depuis longtemps. Elle est là pour finir ce qu'elle a commencé – pour défaire le nœud dans sa tête –, même si elle n'est pas sûre de la façon dont elle va s'y prendre, ni sûre d'avoir raison d'essayer.

Son visage est bronzé, rasé de près, et il dégage une légère odeur de savon. Contrairement aux autres détenus, il n'a aucun tatouage visible, aucune cicatrice. Ses cheveux foncés et lisses sont peignés en arrière. Il a des rides à cause du soleil, la peau tannée d'un homme qui travaille dehors depuis des années. Et ces yeux, bleus et si expressifs, la scrutent.

« Vous êtes Alex, dit-elle. Vous m'avez tiré dessus. Vous avez tué mon père et avez essayé de me tuer ensuite. »

Il s'assied en face d'elle, méfiant, au bord de sa chaise. Il semble ne pas savoir quoi faire de ses mains.

Il était entré par une fenêtre dans la cave, avait grimpé à pas feutrés l'escalier de service et pénétré dans sa chambre, la réveillant en enfonçant le pistolet dans sa bouche. Puis il l'avait emmenée dans la chambre de son père, et les avait forcés tous deux à s'allonger par terre, ligotant leurs mains et leurs pieds. Le coffre – Mel ne l'oubliera jamais –, le message qu'il leur avait mis sous le nez, l'écriture enfantine sur une feuille arrachée d'un cahier d'écolier : où était le coffre et quelle était la combinaison ? Mais il n'y avait pas de coffre. Il n'y en avait jamais eu dans la maison, et son père le lui avait dit, suppliant cet homme qui ne les croyait pas, qui avait saccagé la maison, arraché les tableaux des murs, renversé les armoires, vidé les placards avant de revenir fou de rage, les yeux écarquillés, tremblant de tous ses membres. Puis il leur avait tiré dessus. Il avait tué son père d'une balle dans la tête, là, juste à côté d'elle sur le tapis, puis braqué le pistolet dans ses cheveux comme elle se retournait – dernier instant, vide vrombissant et infini...

« Attendez », dit Mel. Elle se lève, se dirige vers le bureau et demande au gardien un crayon et une feuille de papier. Celui-ci marmonne en lui tendant un crayon, ouvre un tiroir, et arrache une feuille d'un calepin. Elle retourne à la table où Alex Pitts est assis, épaules voûtées, bras sur la table, parfaitement immobile. « Voilà », dit-elle, plaçant papier et crayon devant lui.

Mais il n'écrit pas. Il la regarde avec ses yeux bleus et froids. Il a de longs cils, des sourcils épais et dorés par le soleil, une mâchoire carrée et un menton proéminent. Pourtant, sa bouche petite et humide a la forme d'un cœur, ce qui lui donne un air enfantin et étrangement vulnérable. Ses yeux sont inquiets.

« Vous participez aux travaux, n'est-ce pas ? dit Mel. C'est pour ça qu'ils vous gardent ici, pour faire ce que les prisonniers plus âgés ne peuvent pas faire ? Parce qu'ils ont besoin de vous ? Vous avez fait des études, suivi des cours de fac et obtenu un diplôme, vous n'avez été sanctionné qu'une seule fois en treize ans. C'est pas mal, non ? » Elle s'assied droit sur sa chaise, ressent l'envie de s'éclaircir la gorge, mais ne le fait pas. « Écoutez, mon frère m'a appris beaucoup de choses sur vous. Il appelle régulièrement pour être sûr que vous êtes toujours ici. Vous comprenez, n'est-ce pas ? »

Mais Alex Pitts ne répond pas. Son corps est aussi raide que celui de Mel le soir où il lui a tiré dessus. Sa main posée sur la table commence même à trembler, très légèrement.

La police l'avait arrêté dans une autre résidence, à un pâté de maisons de là. Une résidence avec un coffre. Melody s'était réveillée dans une mare de sang à moitié sec, s'était traînée lentement jusqu'au téléphone, et avait réussi avec ses dents à faire tomber le vieil appareil du secrétaire de son père. Comme elle se retournait, l'homme à la cagoule – Alex Pitts – avait tiré dans ses cheveux épais et bouclés, la blessant ; la balle lui avait arraché un morceau du crâne sans la tuer. Et tout cela parce que, comme la police en informa son frère des semaines plus tard, un gamin fou, un toxicomane du nom d'Alex Pitts avait confondu la maison de son père avec une autre. Il leur avait tiré dessus parce qu'il était terrorisé et malade et qu'il ne savait peut-être pas comment faire autrement.

Elle soupire. « Je ne suis pas venue ici pour vous condamner à nouveau. Mais j'ai besoin de vous parler, de vous dire ce que c'est pour moi. Vous avez changé ma vie. Je ne peux pas dire que vous l'avez gâchée, parce que c'est à moi d'en décider, mais vous m'avez blessée au-delà de toute mesure. Vous voyez ce que je veux dire ? » Mel se rend compte qu'elle est en train de le dévisager, et qu'elle vient de donner un coup de poing sur la table. « Maintenant, je ne sais plus pourquoi je suis là. Je ne vous connais pas. Je ne sais pas si vous regrettez ce que vous avez fait, mais à votre regard, j'ai l'impression que oui... après tout, vous auriez pu partir, vous auriez pu sortir de cette salle quand vous avez compris qui j'étais. »

Alex Pitts baisse les yeux. Il expire par la bouche. C'est la première fois que Mel remarque sa respiration.

« Pourquoi nous avoir tiré dessus ? Vous aviez peur ? Vous étiez désespéré ? Aviez-vous si peu de respect pour la vie ? Nous n'étions que des grains de poussière pour vous, une chose dont vous pouviez vous débarrasser d'un geste ? Et maintenant, c'est comme ça que vous me considérez ? »

Un frisson le parcourt à nouveau, un tremblement presque imperceptible de la main.

« Je veux savoir pourquoi. » Mel saisit le crayon et le lui tend. « Vous me devez bien ça. Dites-moi pourquoi vous nous avez tiré dessus. Je m'en moque si ce n'est pas suffisant. Je veux savoir ce que vous aviez dans la tête. Je veux savoir pourquoi je suis comme je suis aujourd'hui. » Elle attend, crayon à la main... une seconde, cinq secondes... puis finit par le poser à nouveau. « Vous ne vous rendez pas compte ? dit-elle. Ce que vous avez fait m'arrive chaque jour, et, d'une certaine façon, ce que je fais, ce que je deviens vous arrive maintenant. Est-ce que ça n'a aucune importance pour vous ? Ou bien c'est ça, votre pouvoir ? C'est pour ça ? Je perdais et vous gagniez ? En me tirant dessus, vous preniez possession de moi pour le reste de mes jours ? »

Elle se penche sur la table, près de lui, comme pour lui révéler un secret.

« Alors, je vais vous dire ce que vous avez pris. Pendant treize ans, je n'ai eu ni maison ni amis, parce que c'est impitoyable lorsqu'on vous prive de ce que vous avez. J'ai fait des cauchemars. J'ai vu des choses. Parfois, des visages masqués avec des yeux comme les vôtres. J'ai vu toutes sortes de choses, comme des auras et même des événements avant qu'ils ne se produisent. Pendant des années, j'avais peur presque tout le temps. J'avais cette idée, si fou que cela puisse sembler, que je méritais qu'on me tire dessus. Quoi que je fasse et quelle que soit la personne que je deviendrais, je méritais d'être punie. Donc, j'ai compensé, parfois j'étais cruelle, la plupart du temps, j'étais revêche et sans merci. Est-ce que ça vous semble juste ? C'est ça que vous vouliez ? »

Mais Alex Pitts ne répond pas. Il reste assis, à la regarder, respirant à peine. Il devrait partir, pense-t-elle. Pourquoi ne part-il pas ? En chœur, un « Joyeux anniversaire » s'élève d'une table au centre de la salle. Le vieux prisonnier aux cheveux blancs ouvre d'un geste flamboyant un sac de pop-corn et le déverse sur la table, sous un torrent d'applaudissements et de vivats qui résonne entre murs et plafond, dans l'air stérile au-dessus de sa tête. Mel a le sentiment de rapetisser, de se replier à nouveau en elle-même, perdant le sens du temps et de l'espace.

C'est alors qu'elle voit de l'autre côté de la pièce Angie et son père se lever, s'enlacer brièvement et se diriger vers la porte. Soudain, Mel veut sortir ; elle n'en peut plus de se sentir prise au piège, elle sait au fond d'elle-même qu'elle avait tort : il n'a jamais eu le pouvoir, c'est elle qui le détenait tout du long. Elle se sent ridicule d'avoir essayé, d'avoir parlé à cet homme, même d'être venue ici. Elle a aussi envie de pleurer, chose qu'elle n'a pas faite depuis cette nuit-là.

Elle se lève, cherchant son équilibre pendant un instant – elle a la tête légère, elle transpire à présent –, et, se dirigeant vers le bureau, demande au gardien où sont les toilettes. Elle s'arrête en chemin et dit à Angie de l'attendre, de ne pas rentrer en stop. Elle lui assure qu'elle sera ravie de la raccompagner chez elle. Puis elle trouve les toilettes, s'arrête devant le lavabo et se passe de l'eau froide sur les poignets, les joues et la nuque. Elle regarde dans la glace, et cette fois elle n'a plus peur ; elle est certaine qu'elle n'y verra plus son visage d'antan, inchangé, le visage qu'elle voyait dans le miroir de la maison de son père, à l'époque. Toujours Melody.

De retour dans la salle des visites, elle se dirige directement vers la table pour dire à Alex Pitts qu'elle s'en va, mais lorsqu'elle arrive, elle voit qu'il a écrit quelque chose sur la feuille de papier. Il est penché sur le message, comme s'il le contemplait, mais ensuite il se lève lentement et le froisse dans sa main. Lorsqu'il la regarde, ses yeux sont pleins de larmes. Il s'attarde brièvement, puis traverse la salle. Au bureau, il rend le crayon au gardien, et tandis qu'il se dirige vers la porte, Mel voit son aura, un scintillement bleu, clair et près de son corps, mais frêle et vacillant, comme s'il lui manquait du carburant, une pâle flamme bleue dans le vent, puis il disparaît à l'intérieur de la prison. Mel regarde le gardien qui hausse les épaules comme pour dire : « C'est comme ça, madame », puis elle retrouve Angie qui l'attend dans l'entrée.

Mel et Angie sont silencieuses tandis qu'elles marchent jusqu'au parking. Le ciel est parfaitement dégagé, le soleil est haut et brille d'une intensité inhabituelle dans l'air coupant. C'est un jour d'hiver, le froid fige, et pourtant on devine dans cette lumière une touche printanière, un soupçon fragile.

Remerciements

Merci à Bill, à Karen et à Oreada pour leur soutien et pour leurs encouragements. Je dois beaucoup à Miles, à Woody, à Walt, à Dave, à Ken, à Jeff, et à tant d'autres pour l'amitié dévouée qu'ils m'ont témoignée en taule au fil des ans. Et je suis éternellement reconnaissant envers mes frères de la rue, Maurice et Joe, pour leur amour inconditionnel.

Je remercie tout particulièrement mon agent, Sam Stoloff, de l'agence littéraire Frances Goldin, pour ses efforts incessants et ses excellentes suggestions. Et Tina Pohlman, mon éditrice chez Carroll & Graf, pour sa foi en ce livre et le soin qu'elle a apporté à son élaboration. Merci également à Bell Chevigny, dont la gentillesse et la détermination ont insufflé une nouvelle vie à ce projet.

Et pour finir, parce que tu as toujours été là pour moi, de toutes les façons possibles et imaginables, merci, père Bob – tu m'as connu à l'époque.

Table

Ce volume a été composé
par PCA

Impression réalisée sur CAMERON par
BRODARD ET TAUPIN
La Flèche
en mars 2008

« Pour l'éditeur, le principe est d'utiliser des papiers composés de fibres naturelles, renouvelables, recyclables et fabriquées à partir de bois issus de forêts qui adoptent un système d'aménagement durable. En outre, l'éditeur attend de ses fournisseurs de papier qu'ils s'inscrivent dans une démarche de certification environnementale reconnue. »

Dépôt légal : avril 2008
N° d'édition : 01 – N° d'impression : 45878

Imprimé en France